あの日うまくいってほしかった恋が
うまくいかなくて正解だったと
思える日が必ずくるから。

ひでまる

Prologue

「あの時こうしていれば違う結果になっていたのに……」と
過去の自分を責めてしまうことがあるかもしれないけれど、
もう一つ思い出してほしいのは、
あの時のあなたはあの時なりのベストを尽くしていたということ。
過去の自分に対しても思いやりを持つことが大切です。
ベストを尽くした結果うまくいかなかったことで
自分を責めなくていいのです。

一杯のコーヒーで
あなたの心が落ち着きますように。
お気に入りの曲が
あなたの気分を変えてくれますように。
夜に眺める星空が
あなたの悩みを小さくしてくれますように。
誰かの笑いにつられて
あなたも笑いたくなりますように。
このメッセージが少しでもポジティブな影響を
あなたに与えますように。

Contents

Chapter 1 恋

「今まで出会った中で一番の男性」だと
思っていた相手とうまくいかなかったとしても、
あなたのことを
「今まで出会った中で一番の女性」だと
思ってくれる相手との出会いが
これから待っています。

運命の人は、
あなたを探しています。
あなただと分かるように、
あなたらしくいてください。

出会いとは不思議なもので、
思いがけず出会ったかと思えば、
急速に仲良くなることだってありますし、
どん底を味わっている時に
運命の出会いを果たすことだってあります。
いつだって未来への希望を失ってはいけません。
次にどんな良い出会いが
あなたに待ち受けているかは
分からないのだから。

あなたは、あなたが求める人に
出会うんじゃない。
あなたに必要な人に出会うのです。

あなたを傷つけた人もいた。
あなたを成長させてくれた人もいた。
あなたが大ゲンカした人もいた。
あなたが大好きになれた人もいた。
すべては、あなたがふさわしい相手に
たどりつくために、
必要な出会いだったのです。

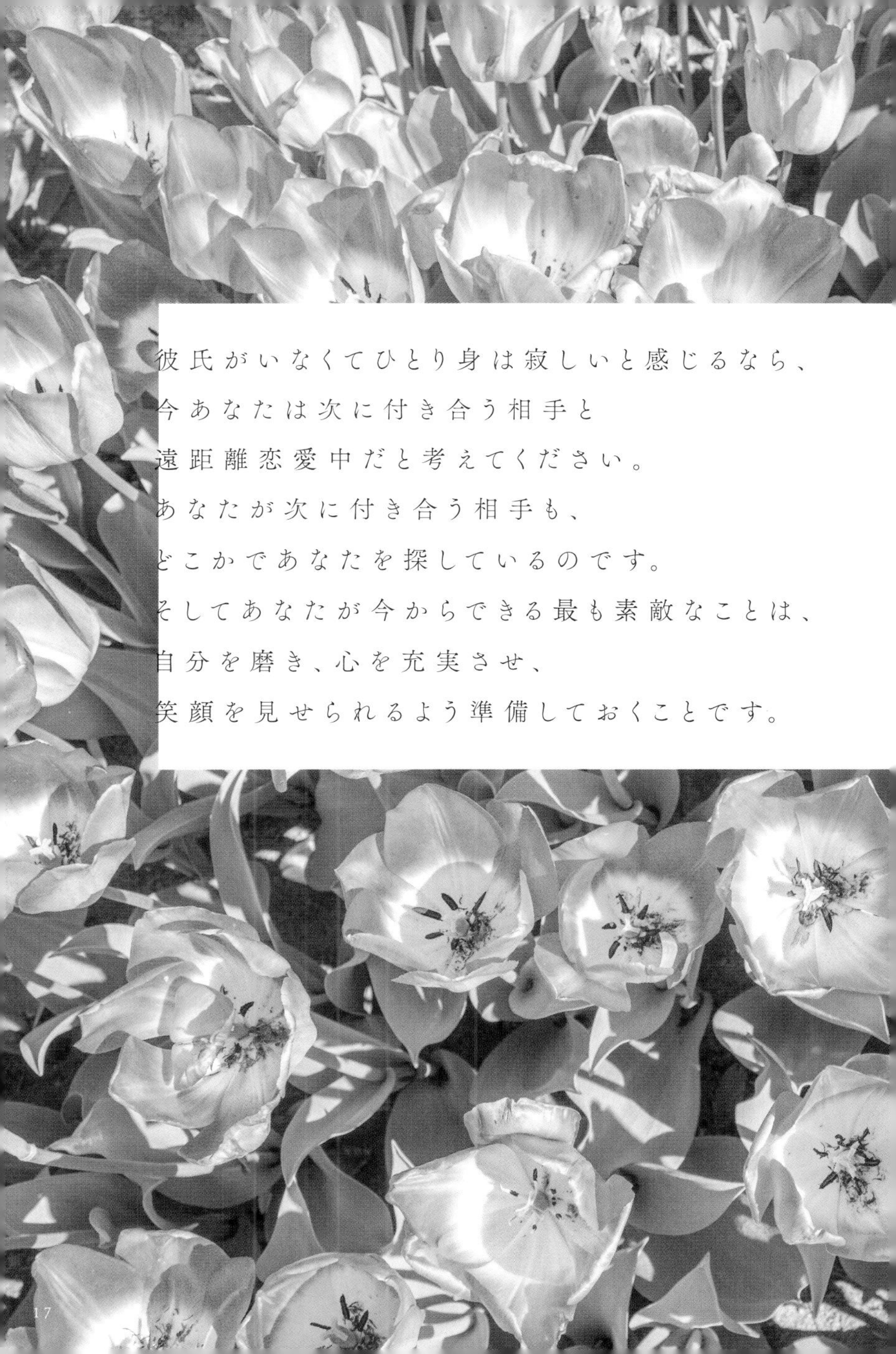

彼氏がいなくてひとり身は寂しいと感じるなら、
今あなたは次に付き合う相手と
遠距離恋愛中だと考えてください。
あなたが次に付き合う相手も、
どこかであなたを探しているのです。
そしてあなたが今からできる最も素敵なことは、
自分を磨き、心を充実させ、
笑顔を見せられるよう準備しておくことです。

あなたが出会う相手は、
次の二種類です。
うまくいかなかった
今までの恋愛パターンを
繰り返すことになる相手。
または、そのパターンを打ち破り、
新しい道を一緒に
歩んでくれる相手。
この違いをよく
理解しておくことです。

彼氏がいなくても
幸せに過ごしている女性はたくさんいます。
逆に、彼氏がいても
幸せじゃない女性もたくさんいます。
彼氏がいるかどうかで
あなたの幸せが決まるのではなく、
あなたがなりたい自分になろうとしているか
どうかで幸せが決まるのです。
男を追いかけるよりも
理想の自分を追いかけてください。

若い時だけが
「人生最高の時」というわけではありません。
何歳になっても新しいことを始めていいし、
何歳になっても恋をしていいのです。
むしろ若いころより自分のことを
よく分かっている今のあなたなら、
今まで以上に自分を幸せにすることだって
できるのです。

「愛してくれる人なんていない」という
頭の中のひとりごとを
「愛してくれる人はかならずいる」に
変えてください。

否定的な言葉を自分に浴びせていると、
それが自分への言い聞かせとなり、
いざ愛してくれる人があらわれても、
その愛を信じることも受けとることもできず、
良縁を逃すことになるからです。

男に遊ばれやすい女性ほど、
男の行動より男の言葉に恋してしまうし、
男の愛より男の魅力を
重視しすぎてしまいがちです。

いい男を見極めたいなら、
大事なのは素敵な言葉より素敵な行動。
大事なのは単発的なやさしさより
継続的なやさしさ。
大事なのは自分がドキドキできるかより
相手が真剣かどうか。

ある男は、あなたのことを
重いと言うかもしれない。
わがままだと言うかもしれない。
魅力的じゃないと言うかもしれない。
だけど、あなたにふさわしい男は、
今のあなたが大好きだと言ってくれます。

「今日あったことを早く彼に話したい。
共感してくれるから」と
あなたが何でも話したくなる相手が
ふさわしい相手です。
「彼に話すのはやめておこう。
どうせ理解してもらえないから」と
あなたが心を開けないような相手を
選ばないことです。

「彼に好かれたらすごく嬉しいけど、
好かれなかったとしても私は大丈夫」
というスタンスで恋愛をすると、いい恋愛ができます。
「彼に好かれなきゃ生きていけない。もう彼しかいない。
どんな手を使っても彼に好かれたい」
というスタンスで恋愛をすると、メンタルが病みます。

恋愛でうまくいかないと、
「私に魅力がないからだ」と
自分を責めてしまう人が多いけれど、
うまくいかなかったのは
「お届け先を間違えた素敵なプレゼント」だったからです。
プレゼントの価値自体を疑わないこと。
そのプレゼントを喜んでくれる正しい相手に贈ることです。

「もう私にいい人なんてあらわれない…」

と思っていたとしても、

決して希望を失わないこと。

あなたは人生で心から好きになれる人すべてに

出会ったわけじゃない。

あなたは人生で心から好きになってくれる人

すべてに出会ったわけじゃない。

最高の出会いはこれからやってきます。

男があなたに会いたいのなら、そうする。
あなたと一緒にいたいのなら、そうする。
あなたを幸せにしたいのなら、そうする。
本気じゃない男が、状況を複雑にして、
あなたに疑問を与えるのです。
本気で好きな男は、言動を一致させて、
あなたに確信を与えます。

あなたの魅力に気づけない男に執着しないこと。
あなたの役目は、
好きになってくれない人を
無理やり好きにさせることではありません。
あなたの役目は、誰よりあなたの
魅力を分かってくれる人を選ぶことです。
あなたには思わず顔がほころぶような、
確かな愛を与えてくれる相手がふさわしいのだから。

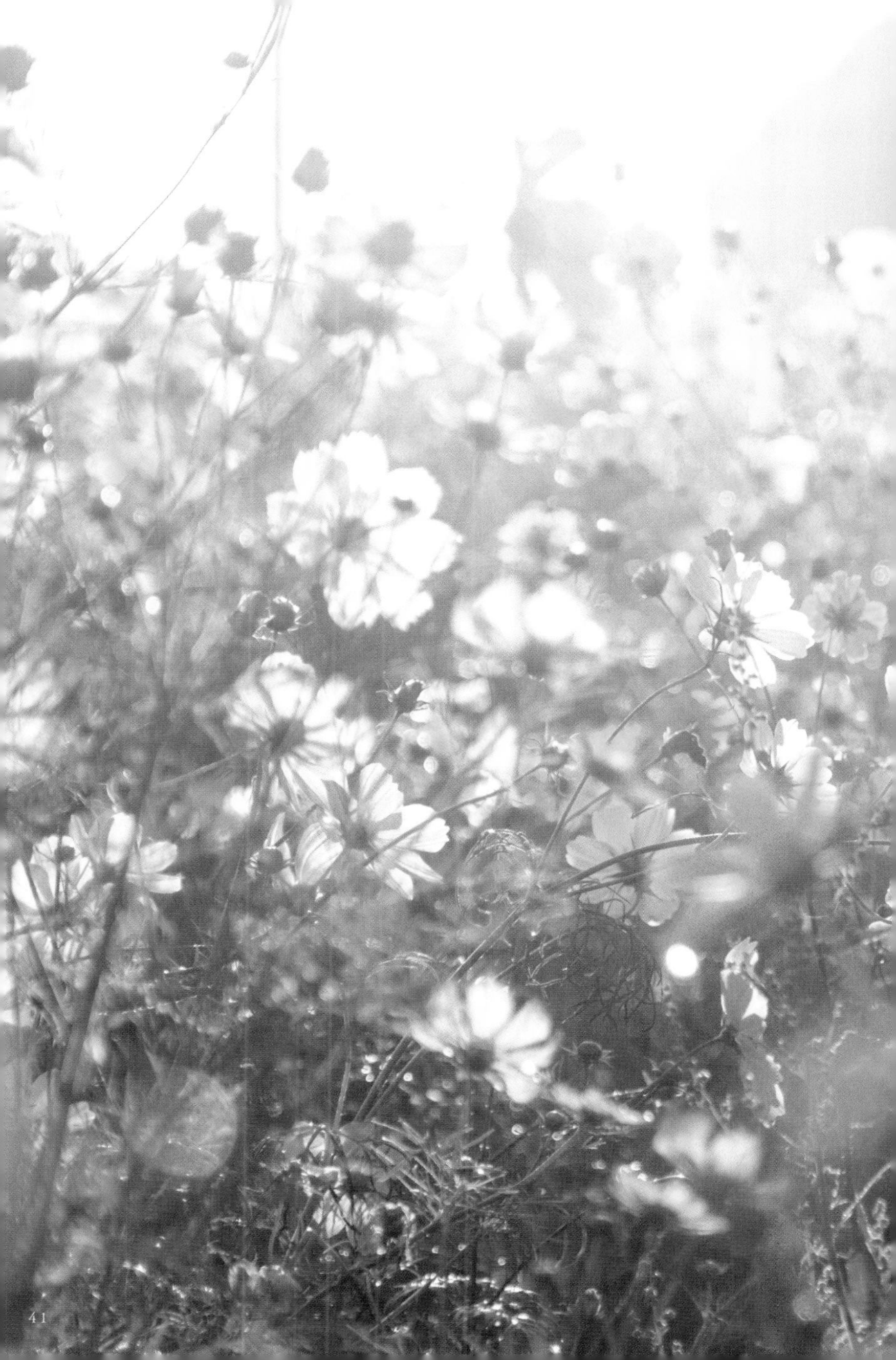

別れてからまた
新しい恋愛をする時に
「またゼロから
始めないといけない…」
と思ってしまうものだけど、
あなたはゼロから
始めるのではありません。

恋愛をする度にあなたは
大事な経験を積んでいます。
その経験の上から始められる
あなたの新しい恋愛は、
きっと今まで以上に
素晴らしいものになります。

周りは彼氏ができたり結婚したりして
どんどん花が咲いていくのに、
私だけ一向に咲かないと感じているかもしれないけど、
本当に綺麗な花は咲くまでに時間がかかるのです。
幸せをあきらめないこと。
あなたが咲くタイミングはこれからです。
遅咲きこそ大輪の花を咲かせるのです。

Chapter 2 不安

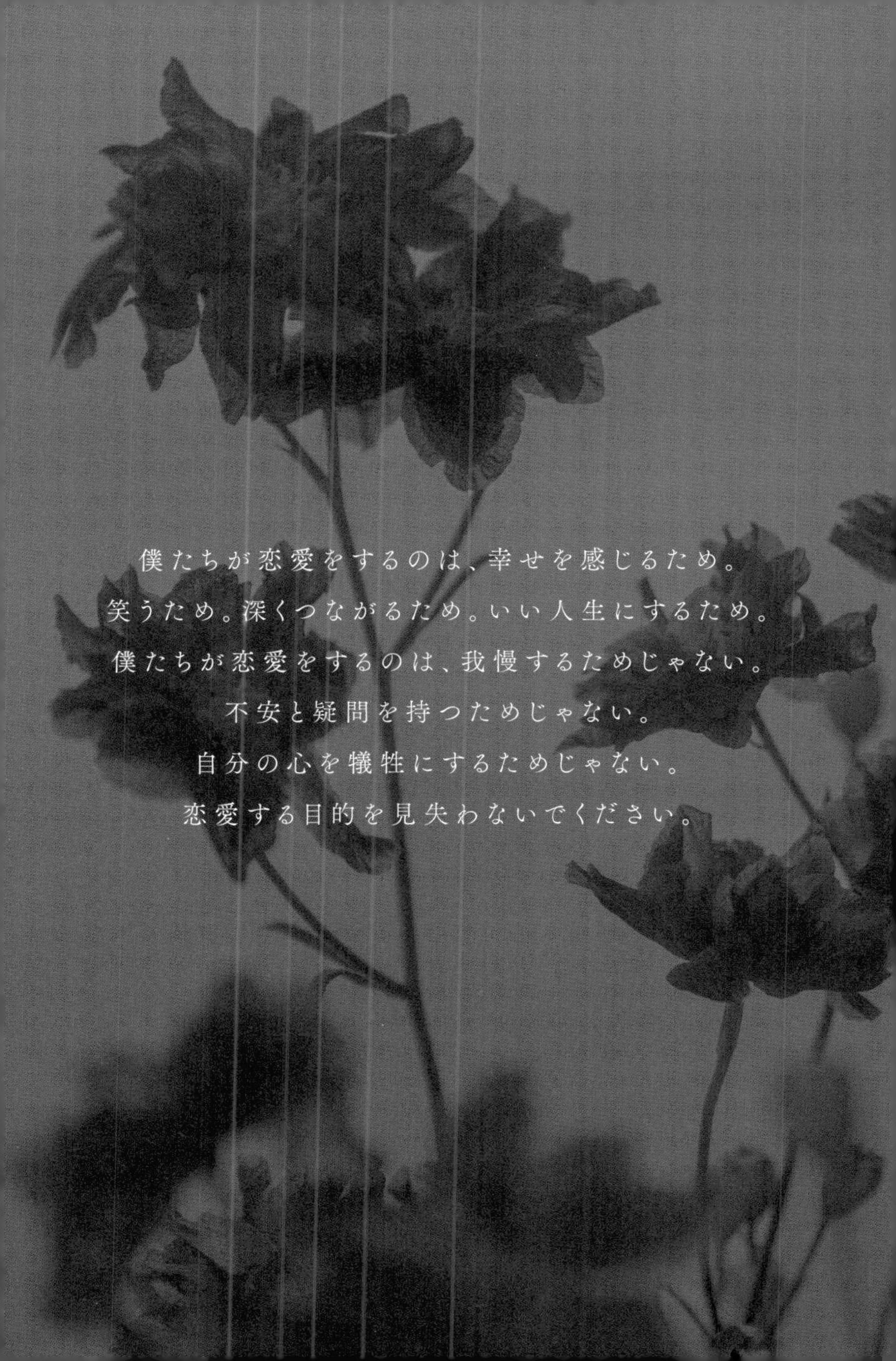

僕たちが恋愛をするのは、幸せを感じるため。
笑うため。深くつながるため。いい人生にするため。
僕たちが恋愛をするのは、我慢するためじゃない。
不安と疑問を持つためじゃない。
自分の心を犠牲にするためじゃない。
恋愛する目的を見失わないでください。

あなたが夜に見る月は、
3000年前の人たちが
見ていた月と、同じ月です。
そしてその月は、
欠けて見える時があっても、
決して足りないものが
あるということじゃない。

それはあなたも同じです。
今が完璧じゃないからといって、
自分に足りないものが
あるからだと決めつけないこと。

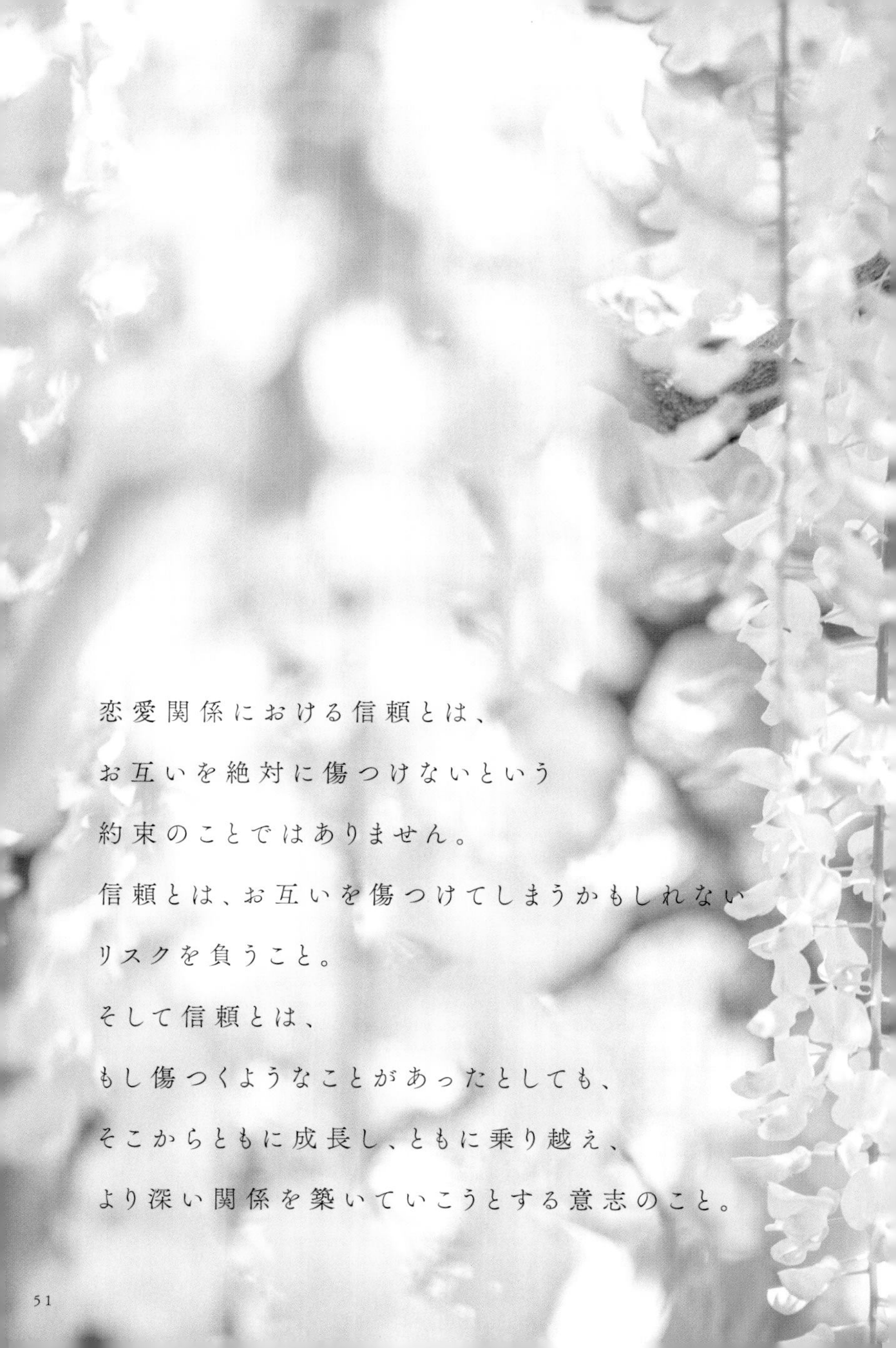

恋愛関係における信頼とは、
お互いを絶対に傷つけないという
約束のことではありません。
信頼とは、お互いを傷つけてしまうかもしれない
リスクを負うこと。
そして信頼とは、
もし傷つくようなことがあったとしても、
そこからともに成長し、ともに乗り越え、
より深い関係を築いていこうとする意志のこと。

彼を信じていいのか
悩むことがあると思います。
もし裏切られたらという
不安もあると思います。
未来のことは誰にも分からない。
大切なのは、相手よりも
まず自分の強さを信じること。

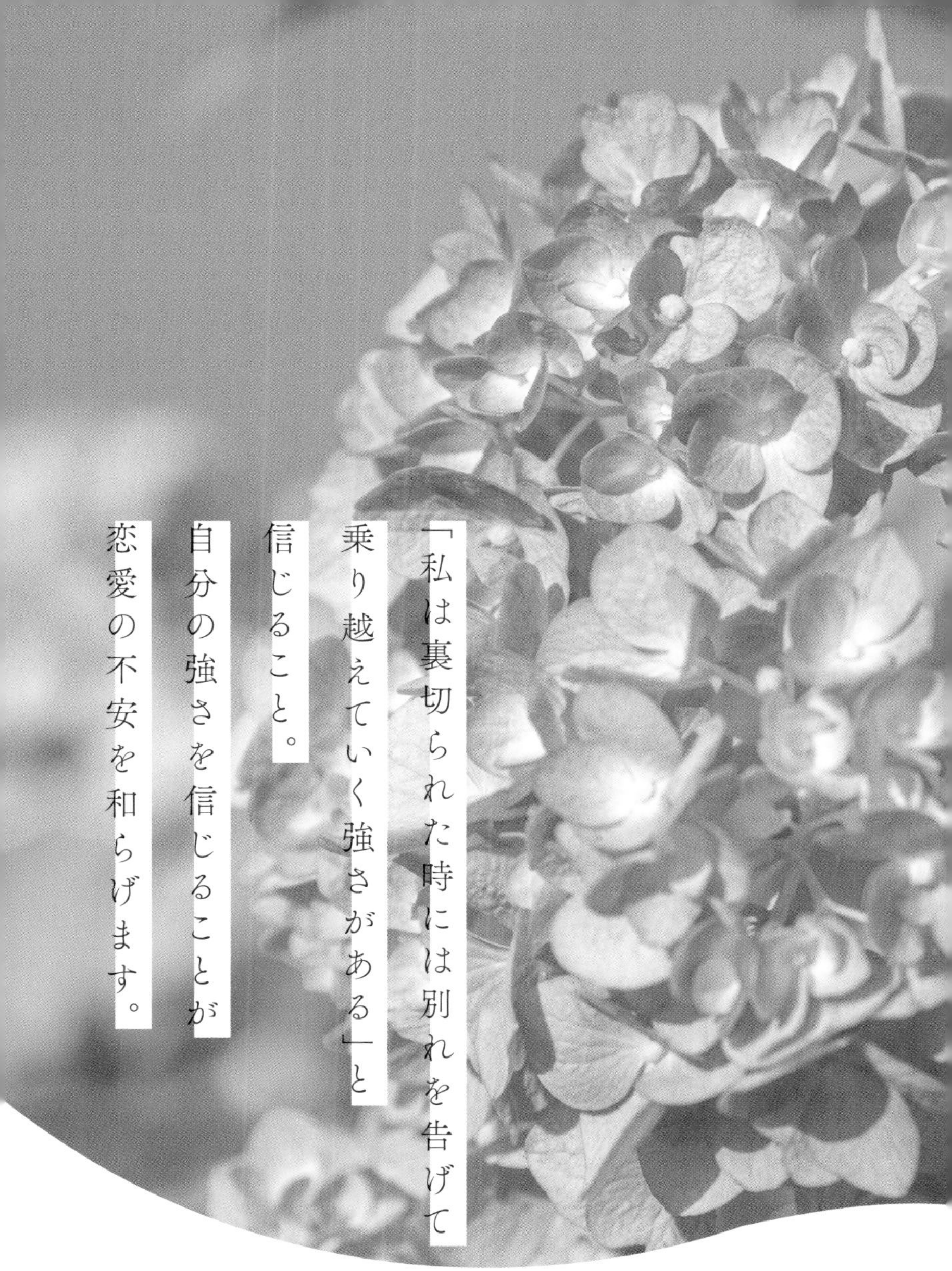

「私は裏切られた時には別れを告げて
乗り越えていく強さがある」と
信じること。
自分の強さを信じることが
恋愛の不安を和らげます。

恋人をつくること、
結婚することを
目的にするのではなく、
我慢しない関係を
目的にしてください。

僕たちは恋人がいれば
幸せになれるわけでも、
結婚すれば
幸せになれるわけでもなく、
自分にも相手にも
正直になれている時に
幸せを感じることができるのです。
そこを取り違えて
しまわないことです。

本当にいい男とは
「あなたのメンタルにとっていい男」のこと。
本当にいい男と一緒にいると、
メンタルが安定します。
男の見た目が良くて、スペックが高くて、
話が面白くても、
あなたのメンタルが安定しないなら、
不安と不満が多いなら、
あなたにとっていい相手ではありません。

素敵な彼氏ができた時に
「なぜ私を選んだの…？」
と疑問を投げかけたり、
大切にされているのに
自分の価値を疑ったり
しないことです。

彼があなたを
選んだのは、
あなたが
魅力的だからです。
自分の価値の高さを
信じてください。

幸せな関係は、
付き合っている期間の長さで
決まるわけじゃありません。
3年付き合っても深いつながりを
感じられない関係もあれば、
出会って3カ月で深いつながりを
感じられる関係もあります。

結局のところ、
「どれだけ長く一緒にいるか」よりも
「どれだけ心を開き合えるか」が
つながりを深くするのです。

幸せな関係とは、
衝突することがない
関係のことではなく、

衝突しても
ちゃんと謝って、
改善して、
成長していける
関係のこと。

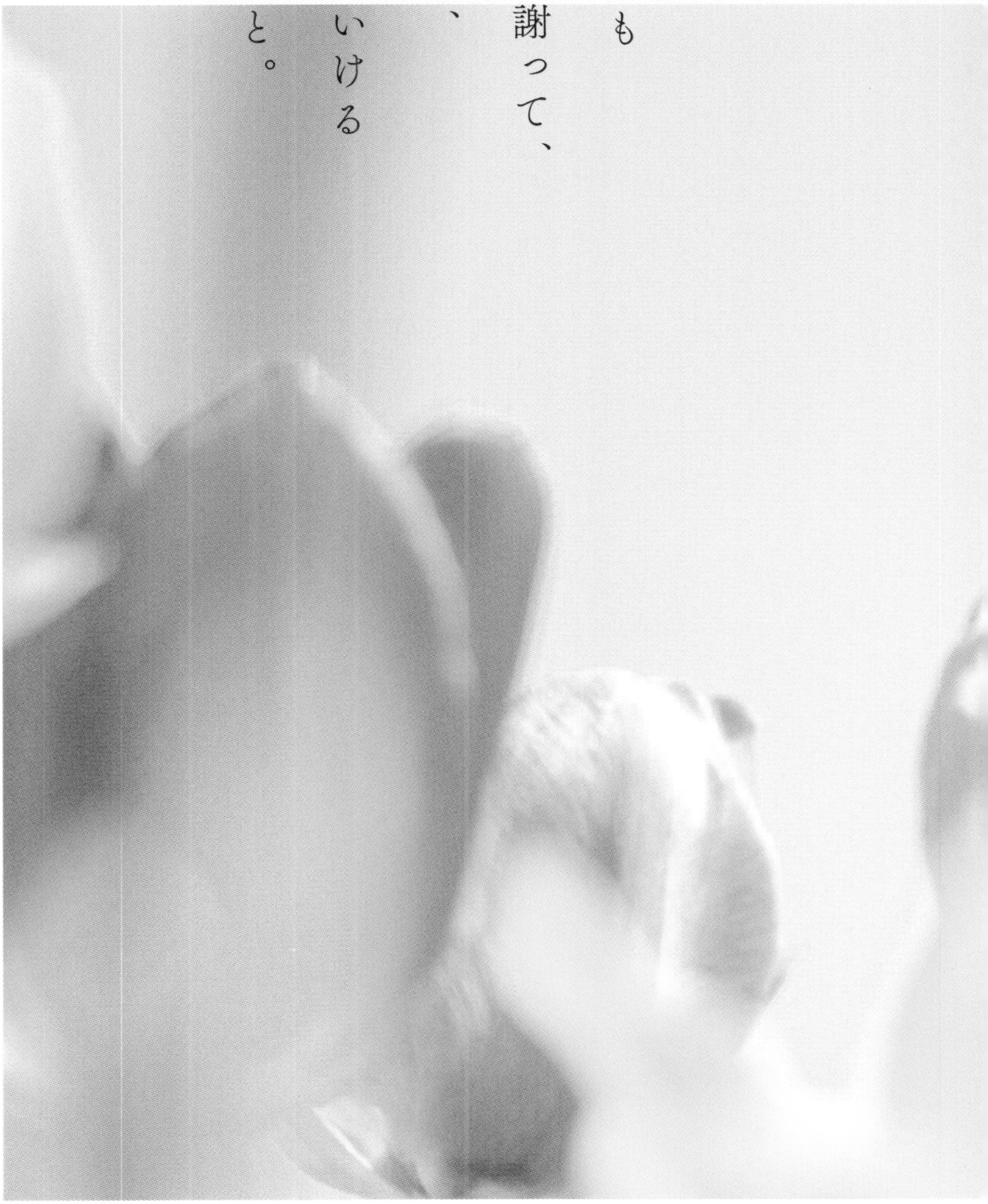

あなたのことを愛している相手だって、
あなたに怒ることもある。
あなたのことを愛している相手だって、
一人で過ごしたい時間もある。
あなたのことを愛している相手だって、
あなたの心は読めない。
不安になった時には、
そのことを思い出してください。

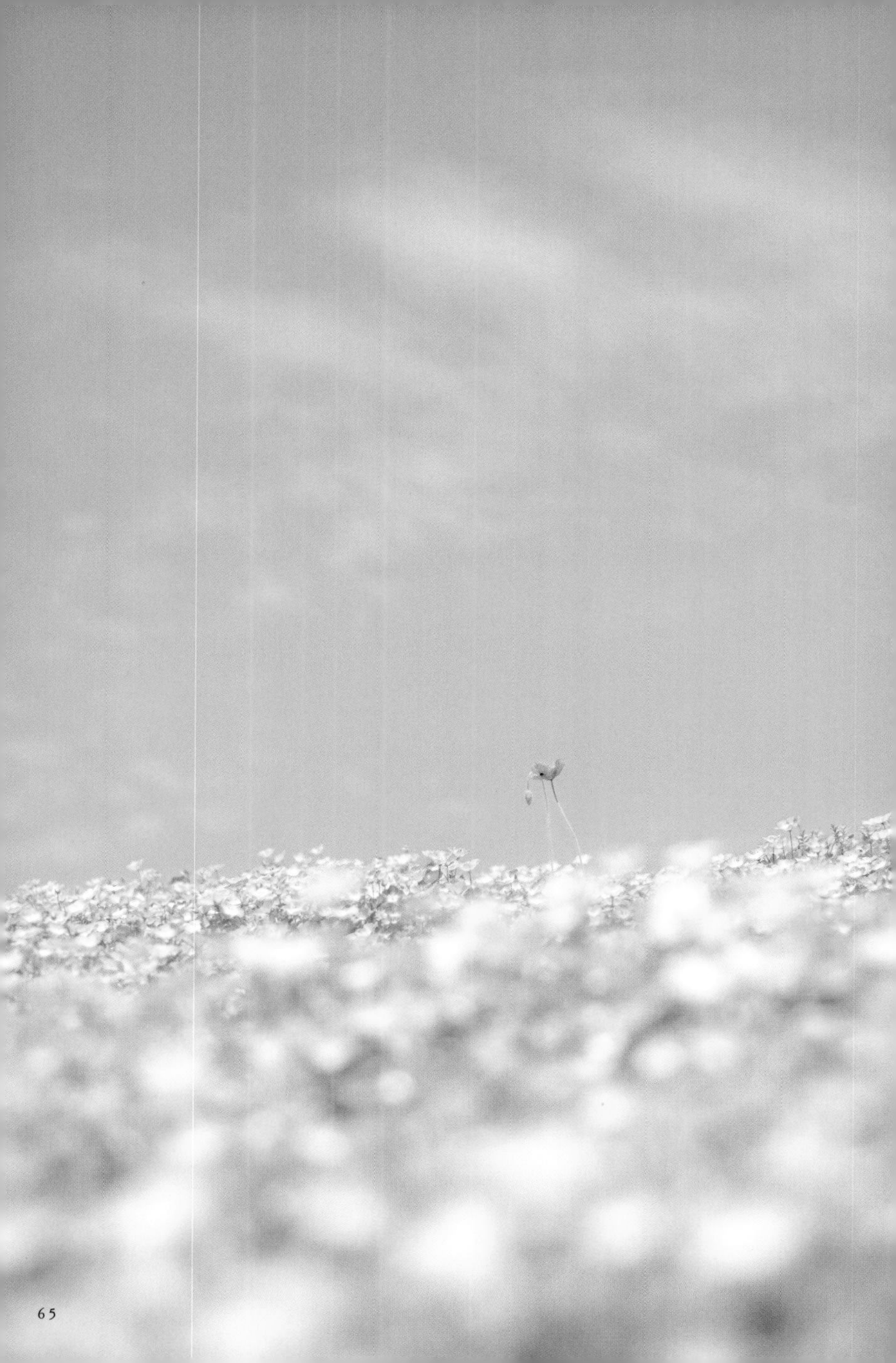

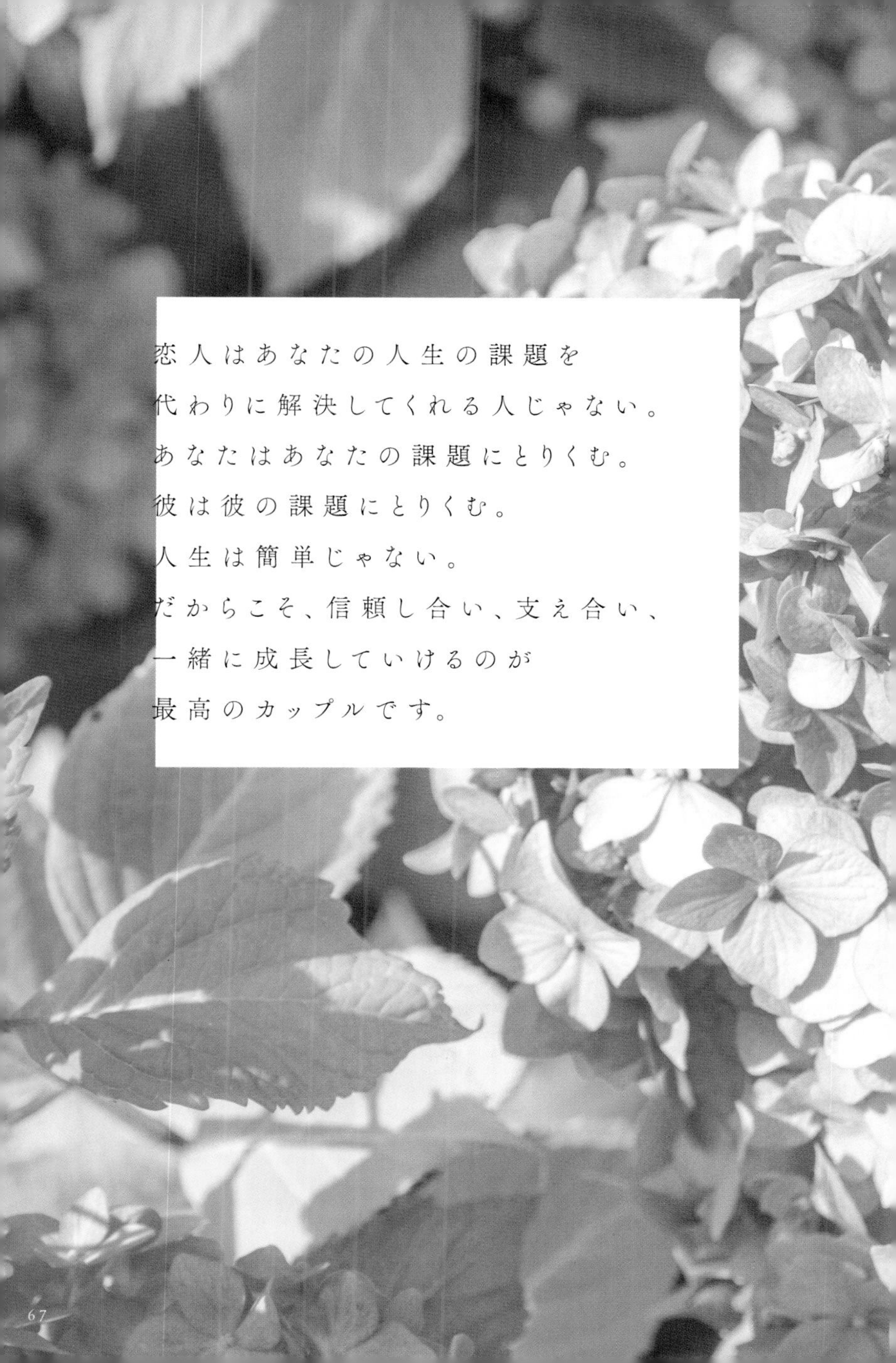

恋人はあなたの人生の課題を
代わりに解決してくれる人じゃない。
あなたはあなたの課題にとりくむ。
彼は彼の課題にとりくむ。
人生は簡単じゃない。
だからこそ、信頼し合い、支え合い、
一緒に成長していけるのが
最高のカップルです。

誰かと真剣に
お付き合いを始めた時に、
自分が相手にとって
世界一大切な人なんだという
自覚と責任感を
ちゃんと持てる人は
素晴らしいと思います。

自分が相手にとって
世界一大切な人だという
自覚と責任感を持っていたら、
相手を雑に扱ったり
裏切ったりするなんて、
できるはずがないのです。

彼氏に依存するのは良くないけれど、

彼氏に頼るのは良いことです。

依存とは、自分の幸せを彼氏まかせにして

自分で自分を幸せにしようとしないこと。

頼るとは、彼氏の強みや

良いところを発揮してもらうこと。

男は頼られると自信がつき、嬉しくなり、

彼女のためにもっとがんばろうとします。

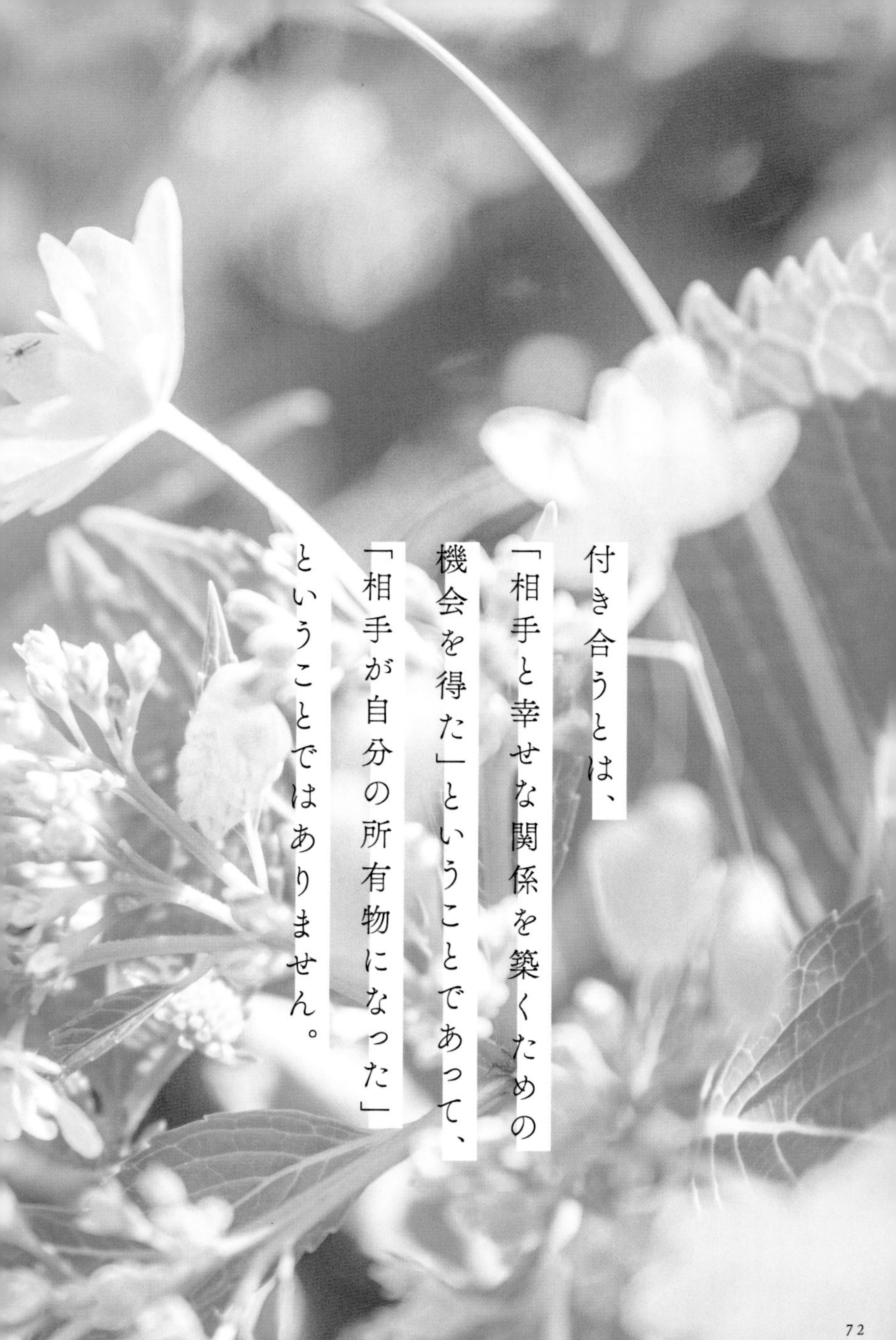

付き合うとは、

「相手と幸せな関係を築くための
機会を得た」ということであって、

「相手が自分の所有物になった」

ということではありません。

恋愛関係を後者のように
捉えてしまう人は、
付き合った途端に
今までの努力をやめて、
相手のことを
雑に扱うようになります。

恋愛関係とは、
尽くす人と尽くされる人の
関係じゃない。
自由にする人と我慢する人の
関係じゃない。
教育する人とされる人の
関係じゃない。
お世話する人とされる人の
関係じゃない。
与える人と奪う人の
関係じゃない。
恋愛関係とは、
お互いに高め合える関係のこと。

なぜ恋人に察して
もらおうとするのが
良くないかというと、
あなたの心を読むことは
恋人の役目ではないからです。
恋人の役目は、
あなたの話を聞くことです。

つまり、あなたの役目は
言葉で伝えることです。
それを代わる代わる
やっていくことで、
本当に深い関係が
つくられていくのです。

はっきり言ってカップルの幸せは、
女性の笑顔の多さで決まります。
女性が機嫌良く笑顔で過ごせていたら、
男はそれだけで勝手に幸せになり、
もっと幸せにしようと幸せが循環する。
逆に言うなら、あなたが
笑顔で過ごせないような男を選ばないこと。
笑顔なしでは男のことも
自分のことも幸せにできません。

愛情深い女性ほど、
友達のことも彼氏のことも
全部の問題に深入りしすぎて、
心がすり減ってしまうことが多い。
自分自身の心を整えるためには、
相手の問題と自分の問題を
分けて考えることが大切です。
相手の問題を代わりに
解決してあげることはできないし
解決しようとしないほうが
いいのです。

彼氏に嫌なことをされた時は、
怒りをぶつけるんじゃなく、
正直に悲しみを表現してください。
正直な悲しみは相手の思いやりを育てます。
言葉と態度で悲しみを表してください。
怒りをぶつけたくなるところですが、
怒りは相手の不満を育てます。
態度を改めさせるには、悲しみを伝えることです。

愛のある男と付き合っていると、
あなたが与えた分だけ感謝してくれるし
同じだけ返そうとしてくれるので、
与えることが自分の喜びになります。

愛のない男と付き合っていると、
あなたが与えても感謝してくれないし
返そうともしないので、
与えることが自分の消耗になります。

深い関係を築きたいなら、
相手の重荷になることを恐れすぎないでください。
関係を深めるとは、相手の重荷になることなのです。
すぐ「重い」と言ってくる人は間違った相手だし、
カップルのゴールは、
重荷にならない浅い関係ではなく、
重荷になることがあっても支え合う関係なのです。

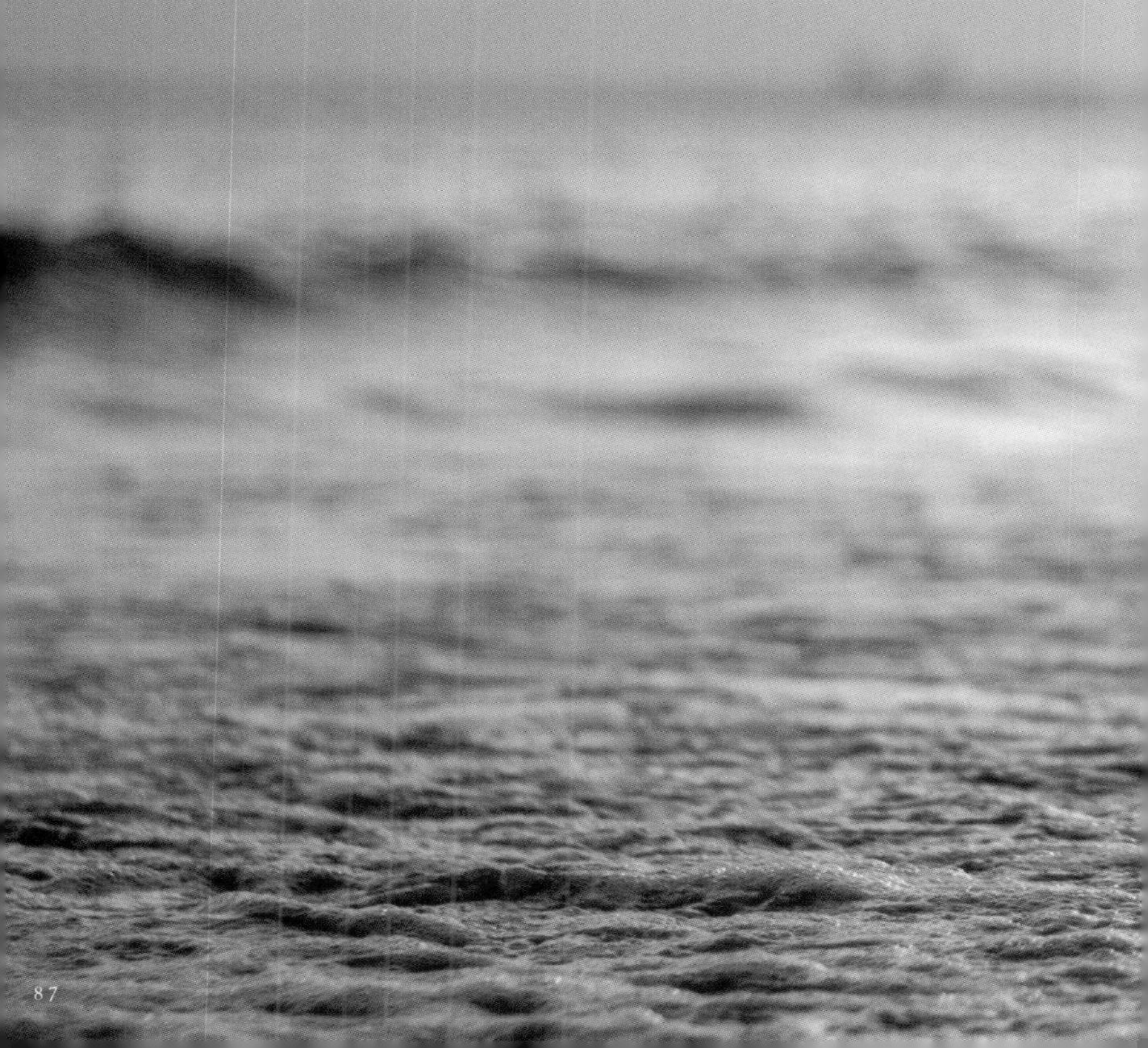

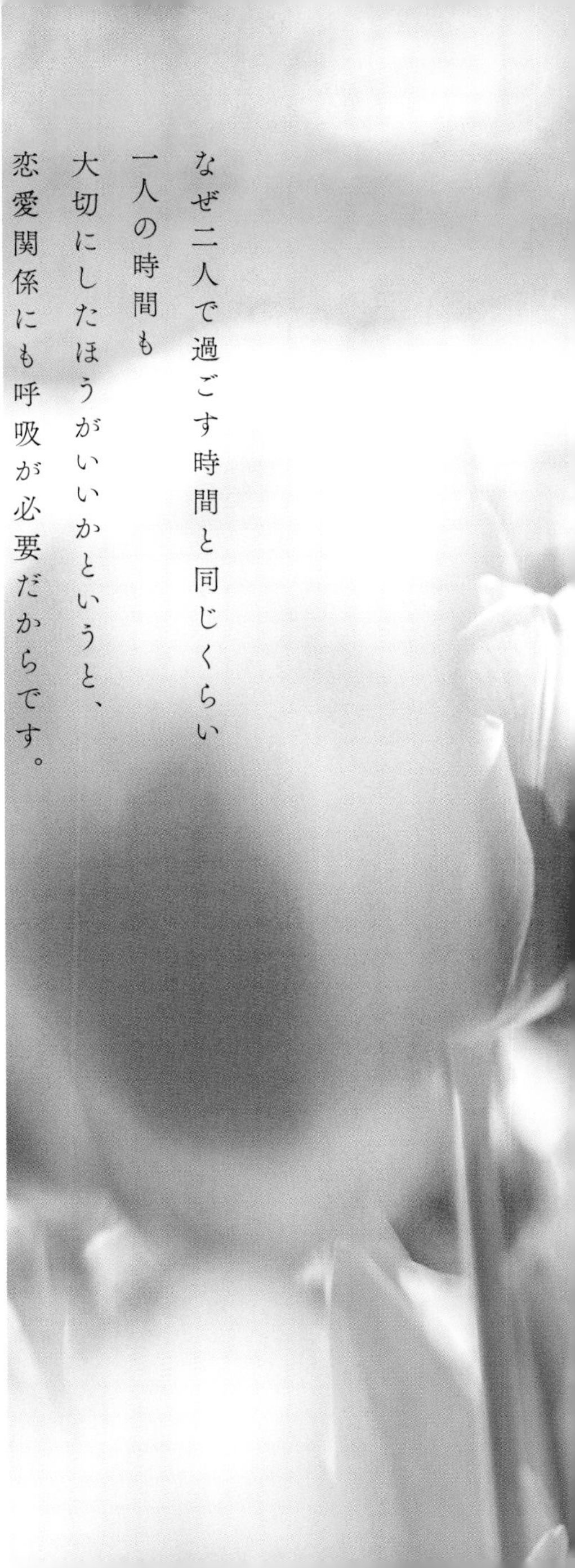

なぜ二人で過ごす時間と同じくらい
一人の時間も
大切にしたほうがいいかというと、
恋愛関係にも呼吸が必要だからです。

一人の時間で成長し、経験し、
外から得たものが新しい酸素となって
二人の関係に活性を与えます。
寂しいからとずっと変化なく
一緒に過ごしているだけでは、
愛が窒息してしまいます。

彼があなたを雑に扱い始めたら、
その1回はやがて
100回目となります。
嫌なことは我慢せず
彼にちゃんと伝えてください。

一つひとつは小さな我慢でも、
積もれば山となり、
心が押しつぶされてしまいます。
誰がなんと言おうと、
あなたは大切に扱われるべき存在です。
それを伝えることに遠慮はいりません。

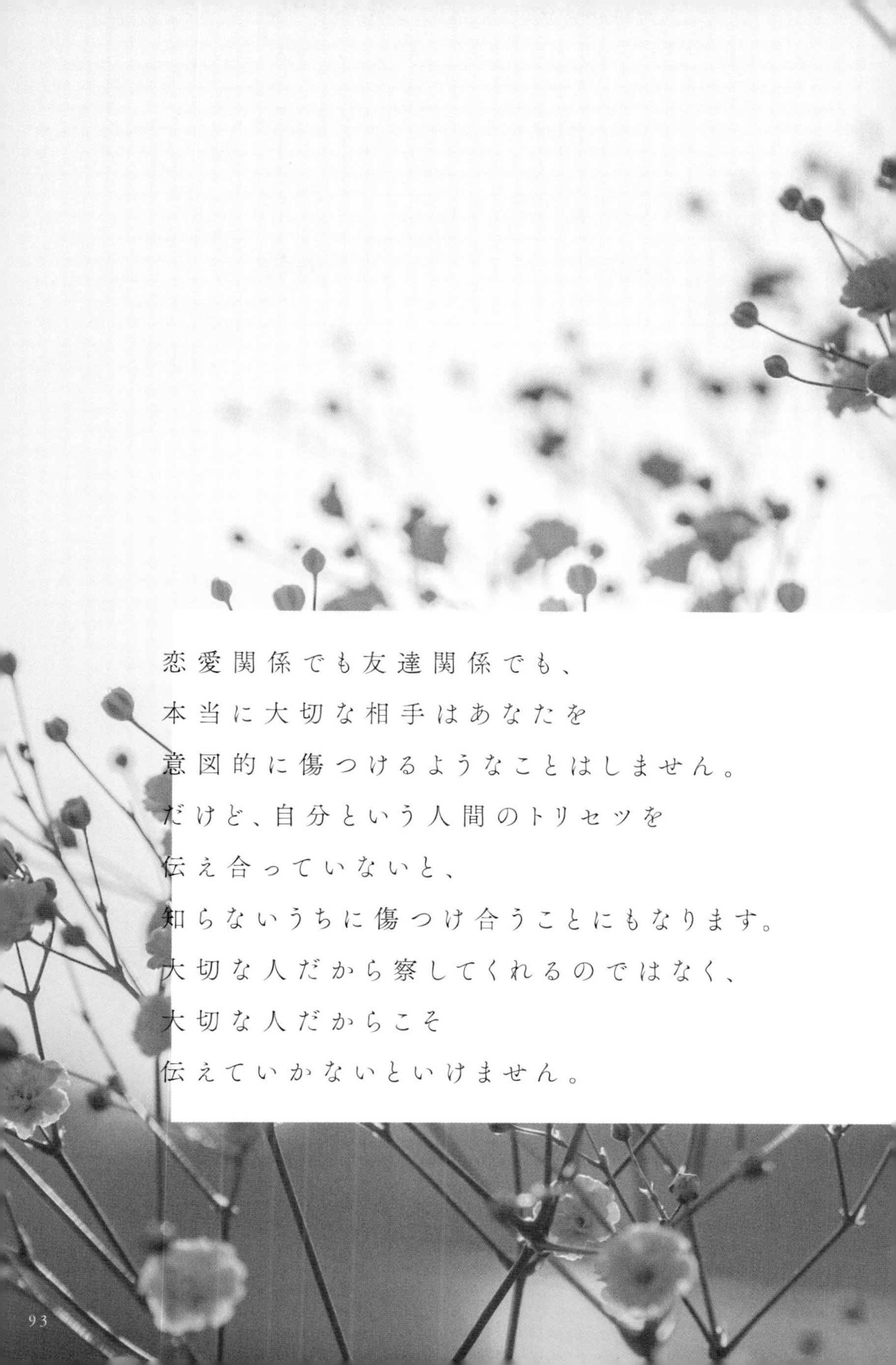

恋愛関係でも友達関係でも、
本当に大切な相手はあなたを
意図的に傷つけるようなことはしません。
だけど、自分という人間のトリセツを
伝え合っていないと、
知らないうちに傷つけ合うことにもなります。
大切な人だから察してくれるのではなく、
大切な人だからこそ
伝えていかないといけません。

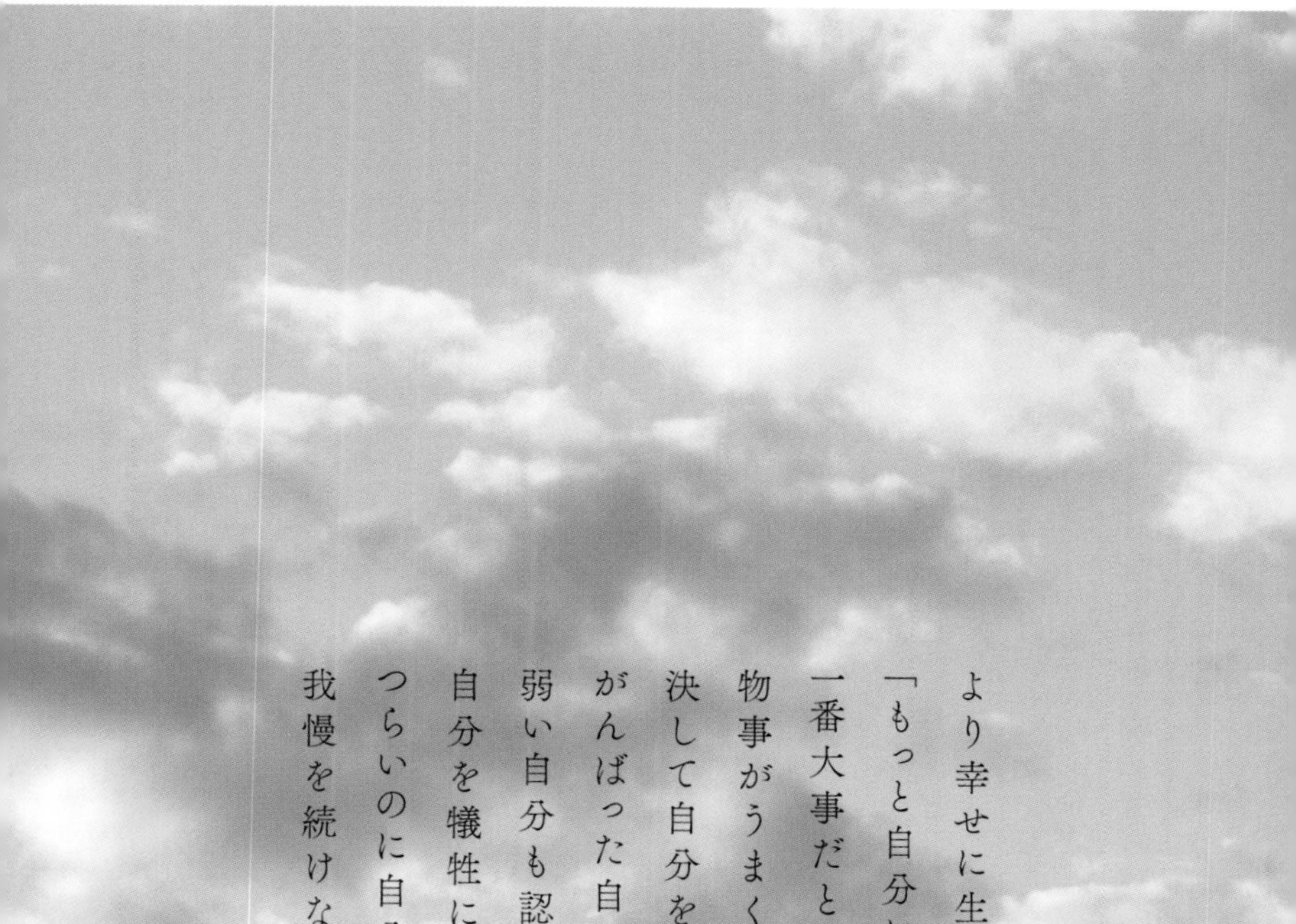

より幸せに生きるためには
「もっと自分にやさしくなること」が
一番大事だと言われています。
物事がうまくいかなくても、
決して自分を否定しないこと。
がんばった自分を褒めてあげること。
弱い自分も認めてあげること。
自分を犠牲にしないこと。
つらいのに自分の感情を無視して
我慢を続けないこと。

大好きな彼氏ができても、
彼氏の優先順位は二番にしてください。
優先順位の一番はあなた自身です。
あなたのメンタルと
自分らしさを最優先にしてください。

理想の自分を追いかけることを
最優先にしてください。
なぜなら、一人でも幸せをつくれる人が、
二人だともっと幸せをつくれるからです。

Chapter

3

別れ

嫌われたり失恋したりするのは、
運命の相手に出会うため。
今うまくいっていないのは、まだ終わりじゃないから。
今つらいのは、幸せをつかもうとがんばっている証拠。
大丈夫。トンネルは必ず抜けます。
誰がなんと言おうと、あなたは幸せになるべく
運命づけられているのです。
自分を信じて前進し続けてください。

彼の人生の中で
あなたが担っている役割と、
あなたの人生の中で
彼が担っている役割は、
同じだとは限りません。
その役割を強要することも
できません。

あなたはあなたの人生を生きる。
彼は彼の人生を生きる。
それでいいのです。
だけど、出会ったことには
意味があります。
道は分かれても、出会った意味は
二人の中に残り続けます。

あなたが自分のメンタルを大事にするために
嫌なことを嫌だと言った結果相手が離れていったなら、
ふさわしい相手ではなかったのです。
あなたが自分に正直になったことでふさわしい人を失ったのではなく、
その逆で、あたたかい心で受け止めてくれる
本当にふさわしい人への扉を開いたのです。

「彼に出会わなければ良かった」と
後悔する必要はありません。
その時のあなたには、彼が必要だったのです。
その時の彼には、あなたが必要だったのです。
一緒に過ごした時間は、大切な時間だったのです。
過去の相手に「ありがとう」という気持ちが持てたら、
それはすごく素敵なことだと僕は思います。

時間も愛も喜びも、この世のすべては借り物です。
まるで図書館で本を借りるように、
僕たちはすべてのものを借りるのです。
手に入らないものや離れていく人に執着するよりも、
いずれは返すことになるその本を読み進めていくこと。
涙の跡がにじんでもいいから、ページをめくること。
そこから大事な学びを得たなら、
次の本を借りてください。
それが執着を手放すための考え方です。

大好きだった人への気持ちは、
一夜で断ち切れるものではありません。
まだ忘れられないからといって
自分を責めないこと。

何度も泣き、何度も笑い、
時間をかけながら少しずつ
乗り越えていくものなのです。
大切なのは、時間がかかってもいいんだと、
自分の心にやさしくなることです。

大好きだった人と過ごした日々は、
やがて「音楽」になります。
そのメロディは、頭から離れず、
音量の下げ方も分からない。
あなたはその曲を聞きたくない。
嫌いだからじゃなく、泣いてしまうから。
ただ一つ言えるのは、
音楽は僕たちの人生を彩るということです。

別れてもいい。
ヨリを戻してもいい。
新しい恋を探してもいい。
ひとり身になってもいい。
周りの目なんか気にしなくていい。
あなたがしたいようにすればいい。

だけど、ただ一つ。
あなたのことを
思いやってくれない
相手との恋愛だけは
やめたほうがいい。

まだ彼のことが好きでも、
大切にされていない
現実と向き合って
自分から離れる決断が
できた女性は
本当に素敵だと思います。

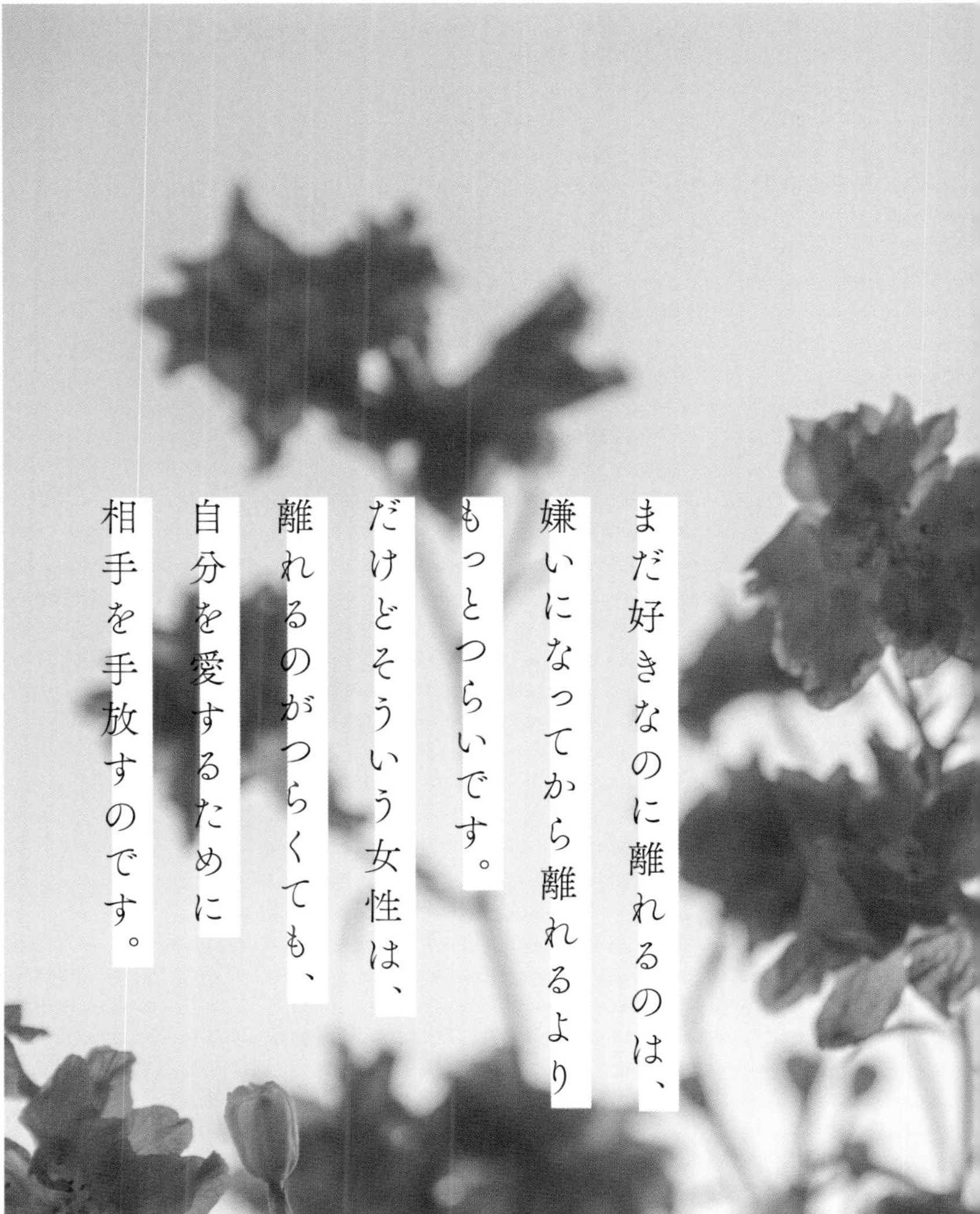

まだ好きなのに離れるのは、
嫌いになってから離れるより
もっとつらいです。
だけどそういう女性は、
離れるのがつらくても、
自分を愛するために
相手を手放すのです。

好きじゃないと言って
あなたから離れていく男が
あなたの人生を狂わせるのではなく、
本気で好きじゃないのに
離れていかない男が
あなたの人生を狂わせるのです。

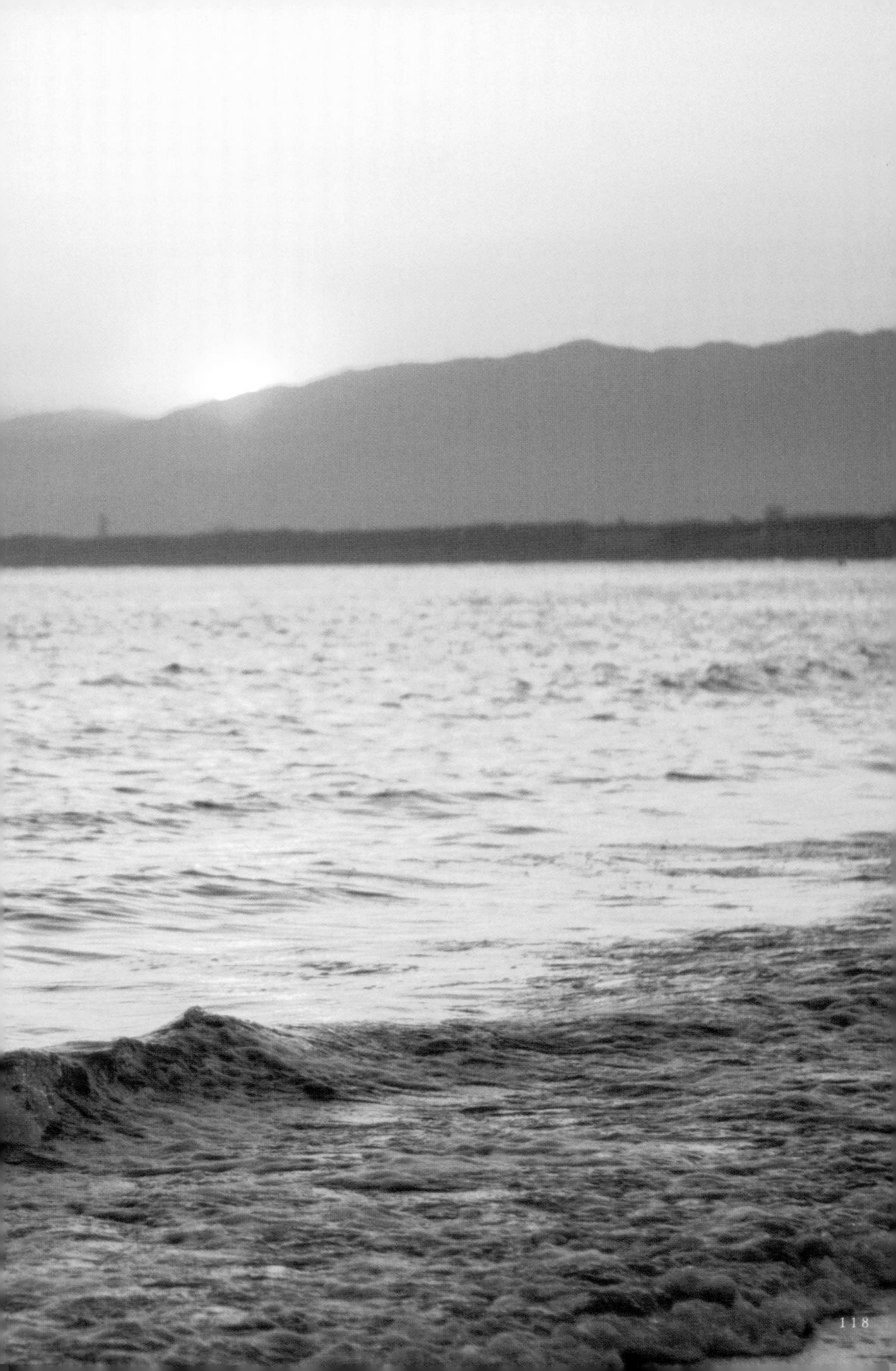

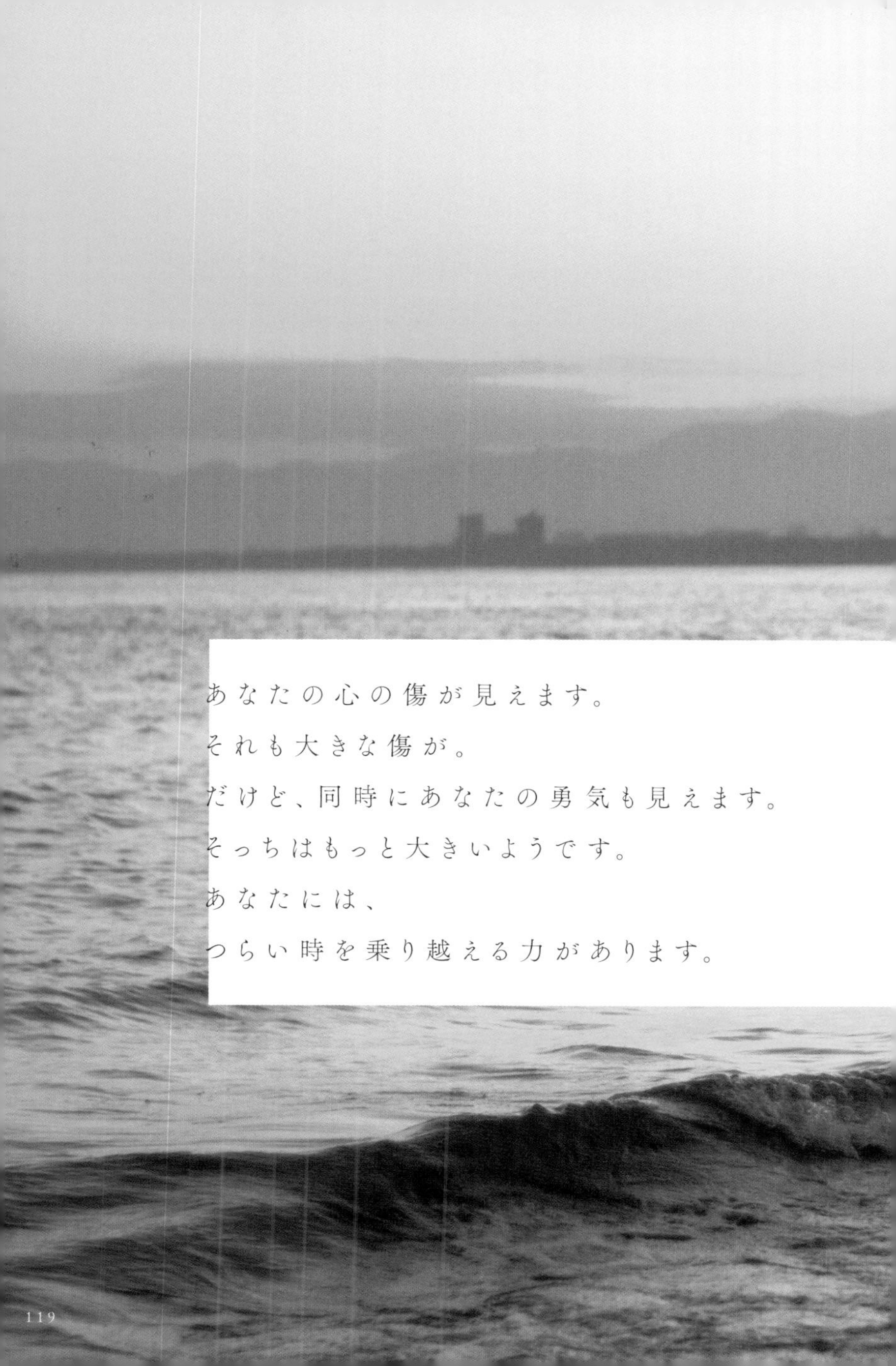

あなたの心の傷が見えます。
それも大きな傷が。
だけど、同時にあなたの勇気も見えます。
そっちはもっと大きいようです。
あなたには、
つらい時を乗り越える力があります。

つらい恋愛をしていて別れたくても、
ひとり身になるのが不安で
別れられない女性が多くいます。
人は「不確かな未来」を選ぶより
「安定した不幸」を選んでしまいやすい。
別れるには大きな勇気が必要だけど、
その勇気を出して離れることができた女性は
みんな口をそろえて「別れて正解だった」と言います。

純粋に好きでいてくれた相手を
裏切って傷つけた人こそが、
一番大きなものを失っているのです。

その時はそう見えなくても、
時間の経過とともに、
失った存在の大きさと大切さに
気づくことになるのです。

失恋をすると、彼が与えてくれていた
すべてのものを恋しく感じて、
「彼がいなきゃ私は幸せになれない」と
思ってしまうかもしれない。
だけど、考えてほしいのは、
あなたも多くのものを彼に与えていたということ。
特別な関係が築けたのは、
あなたのおかげでもあったのです。
たとえ彼がいなくても、あなたは幸せになれます。

物事がうまくいっていない時に
覚えていてほしいのは、
壁は乗り越えるためだけに
あるのではないということ。
壁は時に寄りかかって休むために
あるのだということ。

あなたに今必要なのは、
自分を責めることではなく、
自分の心と体をしっかりいたわって
あげることかもしれません。

つらい別れがあった時に
覚えていてほしいのは、
別れは「本の終わり」ではなく
「一つの章の終わり」だということ。
あなたは失敗したのではなく、
一つの章を読み終えたに
過ぎないということ。
本にはまだ続きがあります。
しっかり休憩をはさんだら、
次の章が始まります。
幸せをあきらめないでください。

悲しい気持ちは、
時間の経過とともに
小さくなっていくと言うけれど、
悲しみを乗り越えた時というのは、
悲しみが小さくなったというより
心が大きくなっています。

大事なのは、
恐れずいろんな経験をして
心を大きくしていくこと。

乗り越えるとは、
忘れることではなく、
大きな心で振り返れる
ということだから。

あなたはまだ元彼のことが
恋しいのかもしれません。
連絡をとりたいのかもしれません。
楽しかった瞬間を
思い出しているのかもしれません。

だけど、別れることになった原因を
忘れてしまわないこと。
あなたを大切にしなかったことを
忘れてしまわないこと。
向き合ってくれなかったことを
忘れてしまわないこと。

別れや離婚は、
決して失敗を意味するわけではありません。
もしもあなたが幸せじゃない関係に
耐えることをやめて別れを決断したのなら、
その別れは我慢との別れであり、
成長と幸せのための別れであり、
強さの証明なのです。

気持ちを切り替える時に大事なのは、
心をどうにかしようとするより、
頭と体を先に切り替えていくことです。
心の切り替えには時間がかかるものなのです。
心はまだ冬でも、頭と体は春のつもりで、
新たな行動を起こし始めていいのです。
心はそのあとから遅れて切り替わっていきます。

あなたが過去に受けたひどい扱いが、
あなたを強くしたんじゃない。
あなたには元から強さが備わっていたから、
乗り越えることができたのです。

決して、ひどい扱いをしてきた人の
「おかげ」じゃない。
今まで乗り越えてきた自分自身の強さに
誇りを持ってください。

「今ごろはもう結婚して
幸せな家庭を築いている
はずだったのに…」といって、
今の自分の生き方を
否定しないこと。
過去に思い描いた
幸せのカタチだけが
唯一の幸せではありません。
あなたは今からでも
幸せになれます。
人生のタイミングを信じること。
今の自分を肯定していいのです。

元彼のことが
簡単に忘れられないように、
あなたも元彼にとって
簡単に忘れられない存在なのです。

ためらいなく
去っていったように見えて、
ためらいはあったのです。
あなたという存在は、
今も元彼の中で
生き続けているのです。

「愛した私がバカだった」
なんて思わないこと。
あなたが与えた愛は、
決して無駄にならず、
めぐりめぐって、
カタチを変えて返ってきます。
これからも、
愛のある素敵な人でいてください。

別れるなんて夢にも思っていなかった
好きな人との別れは、のちに、
出会うなんて夢にも思っていなかった
素敵な人との出会いに変換されます。
人生で最悪の瞬間は、
人生で最高の瞬間をもたらすためにあります。

人を深く愛すると
こんなにも傷つかなくてはいけないんだと
思っていたあなたが、
人を深く愛すると
こんなにも幸せな気持ちになれるんだと
思える日がきますように。

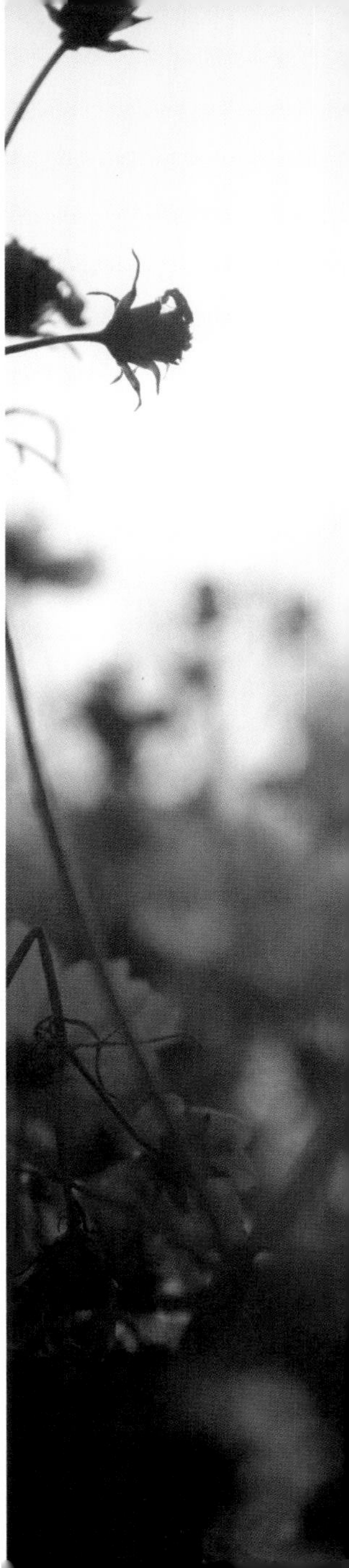

Chapter

4

愛

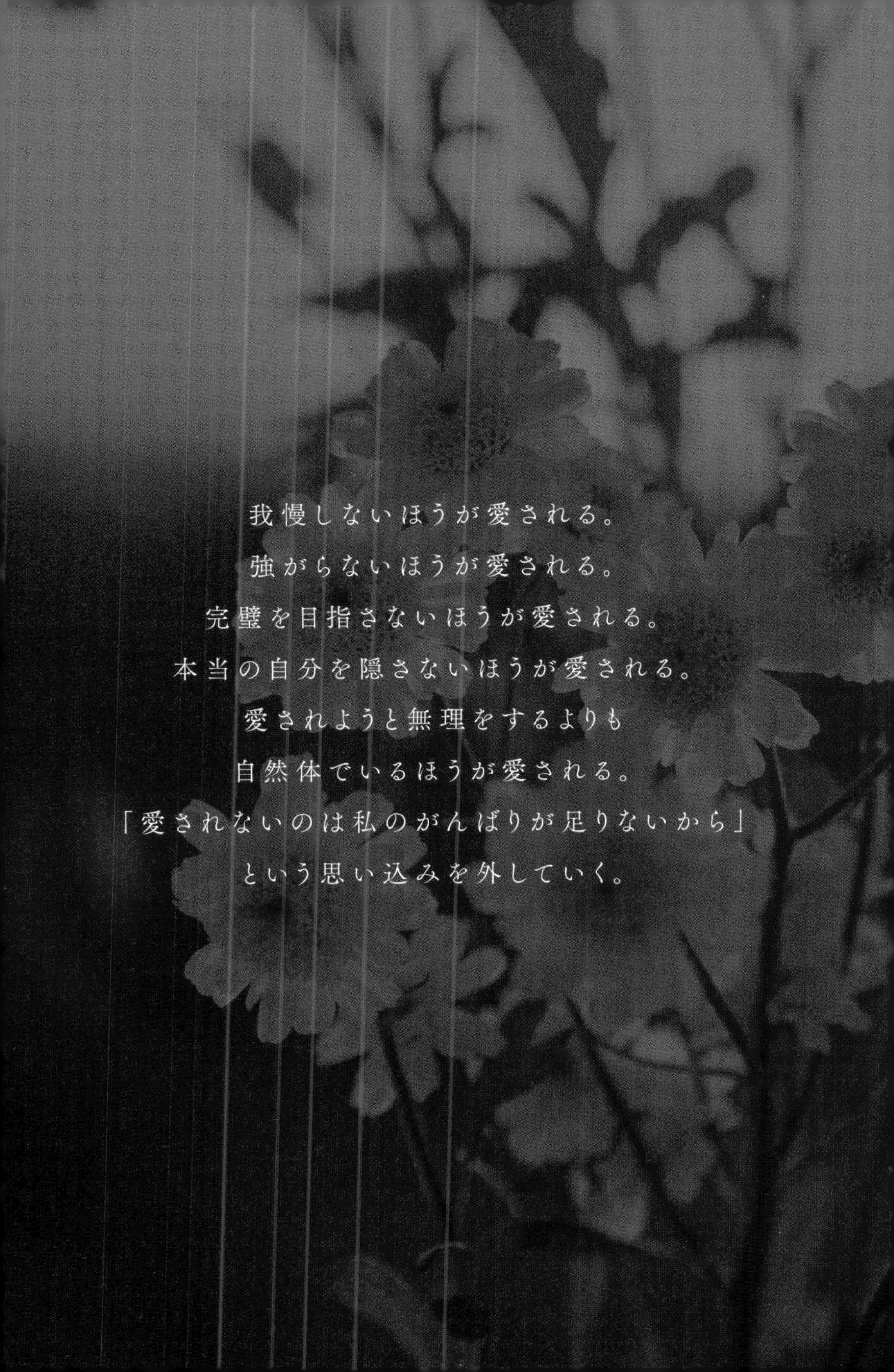

我慢しないほうが愛される。
強がらないほうが愛される。
完璧を目指さないほうが愛される。
本当の自分を隠さないほうが愛される。
愛されようと無理をするよりも
自然体でいるほうが愛される。
「愛されないのは私のがんばりが足りないから」
という思い込みを外していく。

あの時の別れは今となっては正解だったし、
苦い思い出も今となってはいい教訓だし、
つらかったことも今となっては
強く生きるための燃料になっている。
どんな結果が待っていたとしても、
傷つくことを恐れて何もせず逃げているより、
勇気を出して行動したほうが
圧倒的にいい人生になる。

たとえ嫌われることがあっても
本当の自分が出せる人は、
嫌われるのが怖くないから
本当の自分が出せるんじゃなく、
本当の自分を受け入れてもらえた時に、
その本物のつながりが
どれだけ大きな幸せを
もたらすかを知っているから
本当の自分が出せるのです。

あなたが今いる
人生のステージは、
次のどちらかです。
一つは、あなたが成長した
結果として得たステージ。

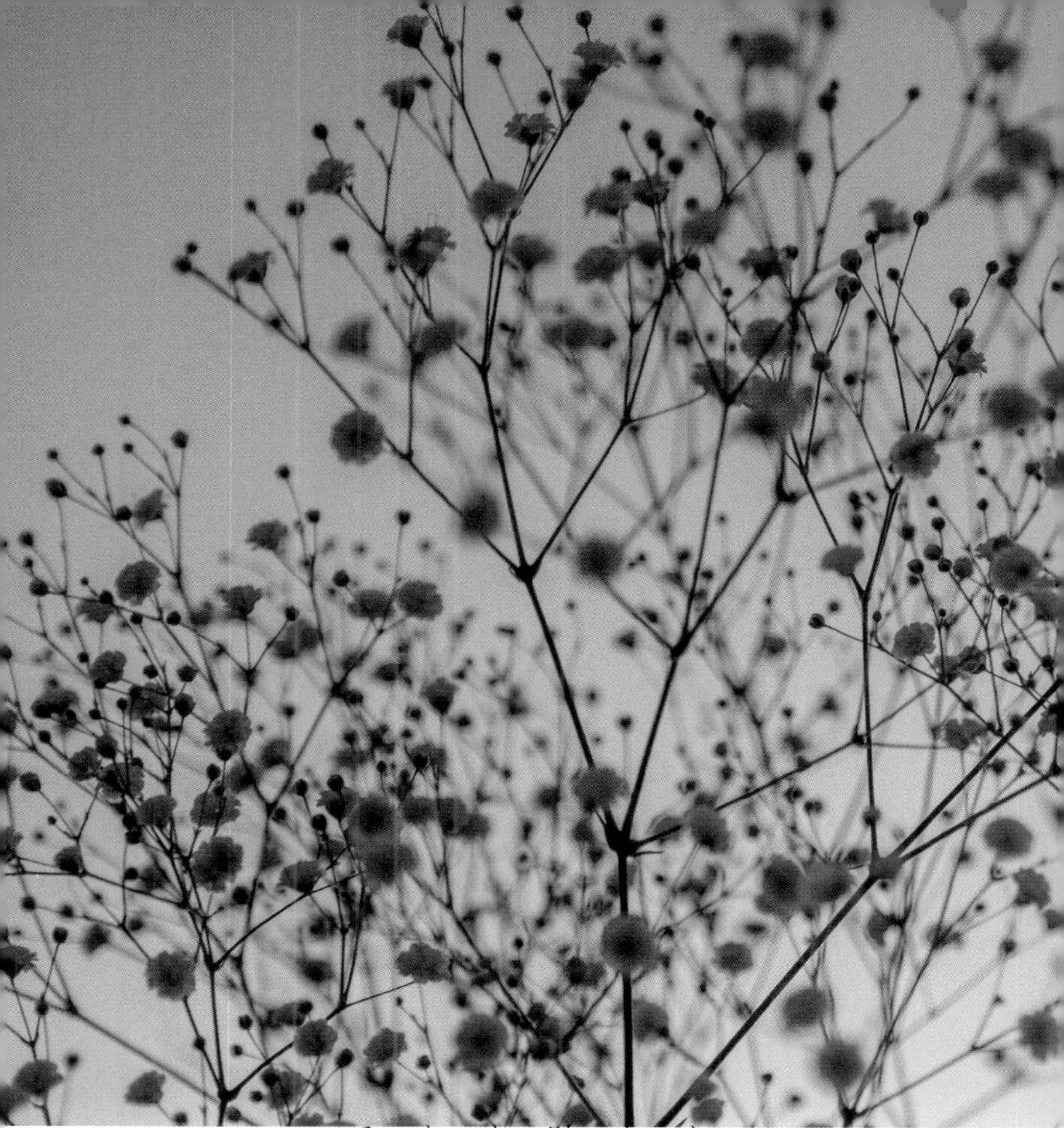

もう一つは、
あなたの成長を
助けてくれるステージ。
どっちのステージであっても、
あなたが幸せになるための
ステージです。

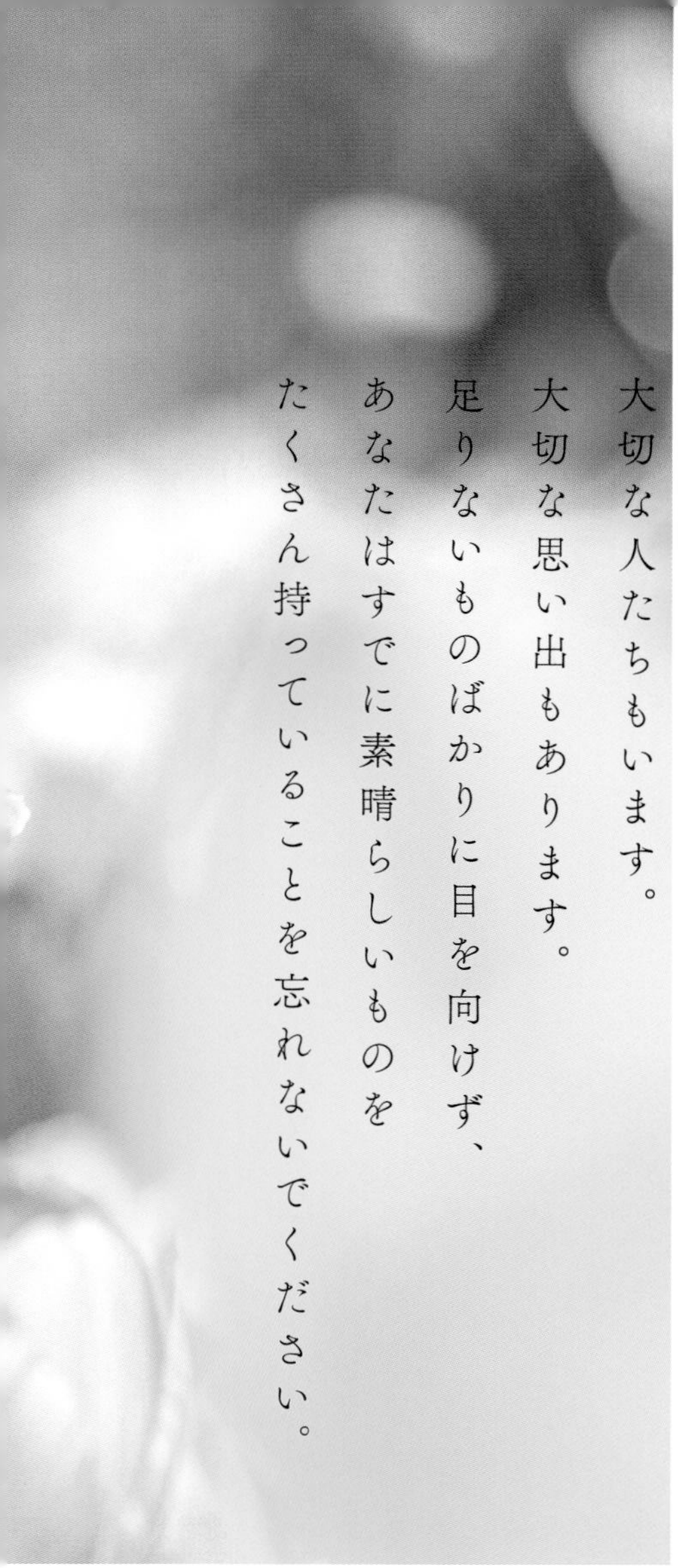

あなたには前を向く力があります。
他人の気持ちを考えるやさしさもあります。
叶えたい夢もあります。
感動できる心もあります。
自分を正しい方向へ導く直感力もあります。

大切な人たちもいます。
大切な思い出もあります。
足りないものばかりに目を向けず、
あなたはすでに素晴らしいものを
たくさん持っていることを忘れないでください。

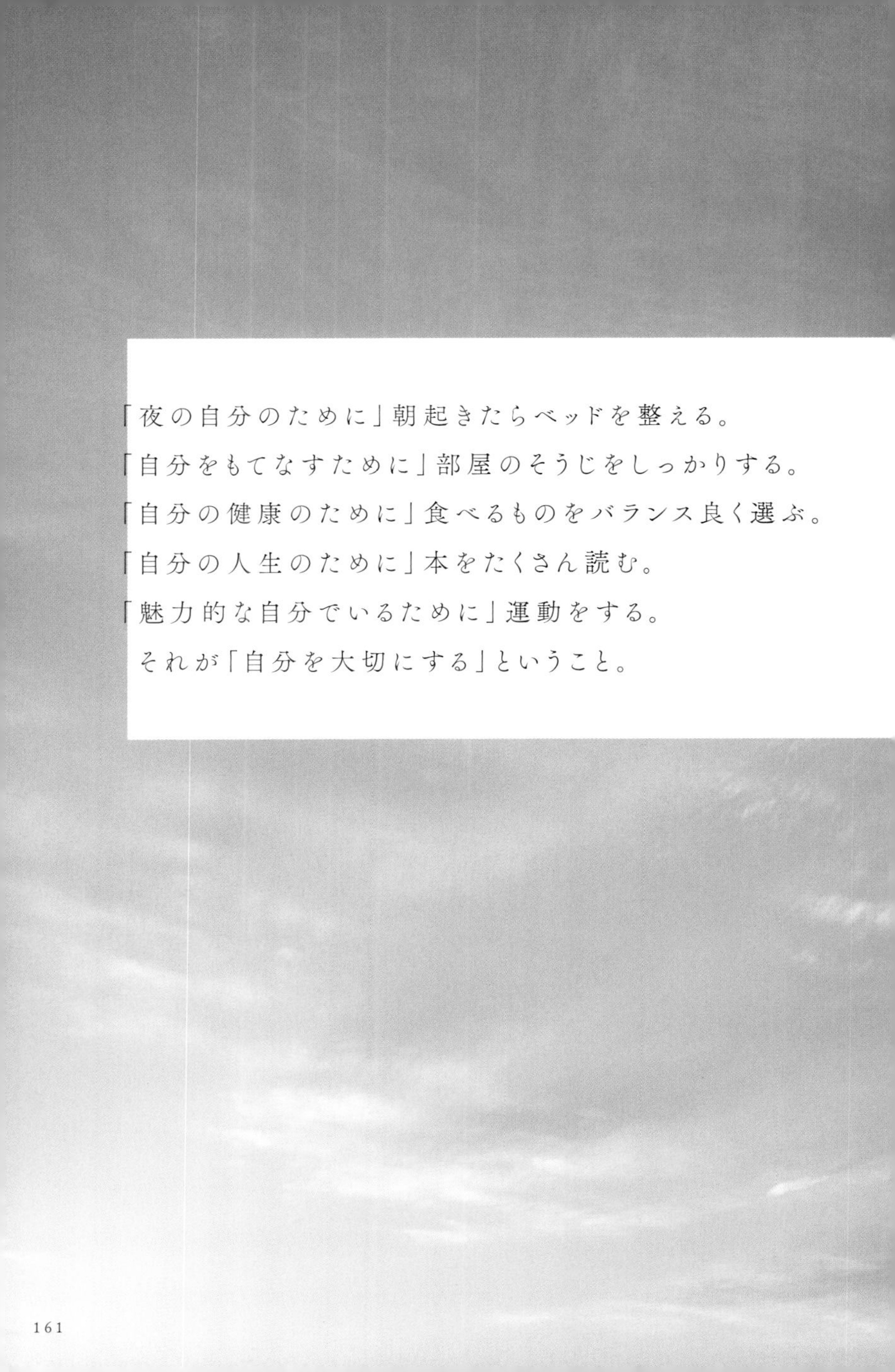

「夜の自分のために」朝起きたらベッドを整える。
「自分をもてなすために」部屋のそうじをしっかりする。
「自分の健康のために」食べるものをバランス良く選ぶ。
「自分の人生のために」本をたくさん読む。
「魅力的な自分でいるために」運動をする。
それが「自分を大切にする」ということ。

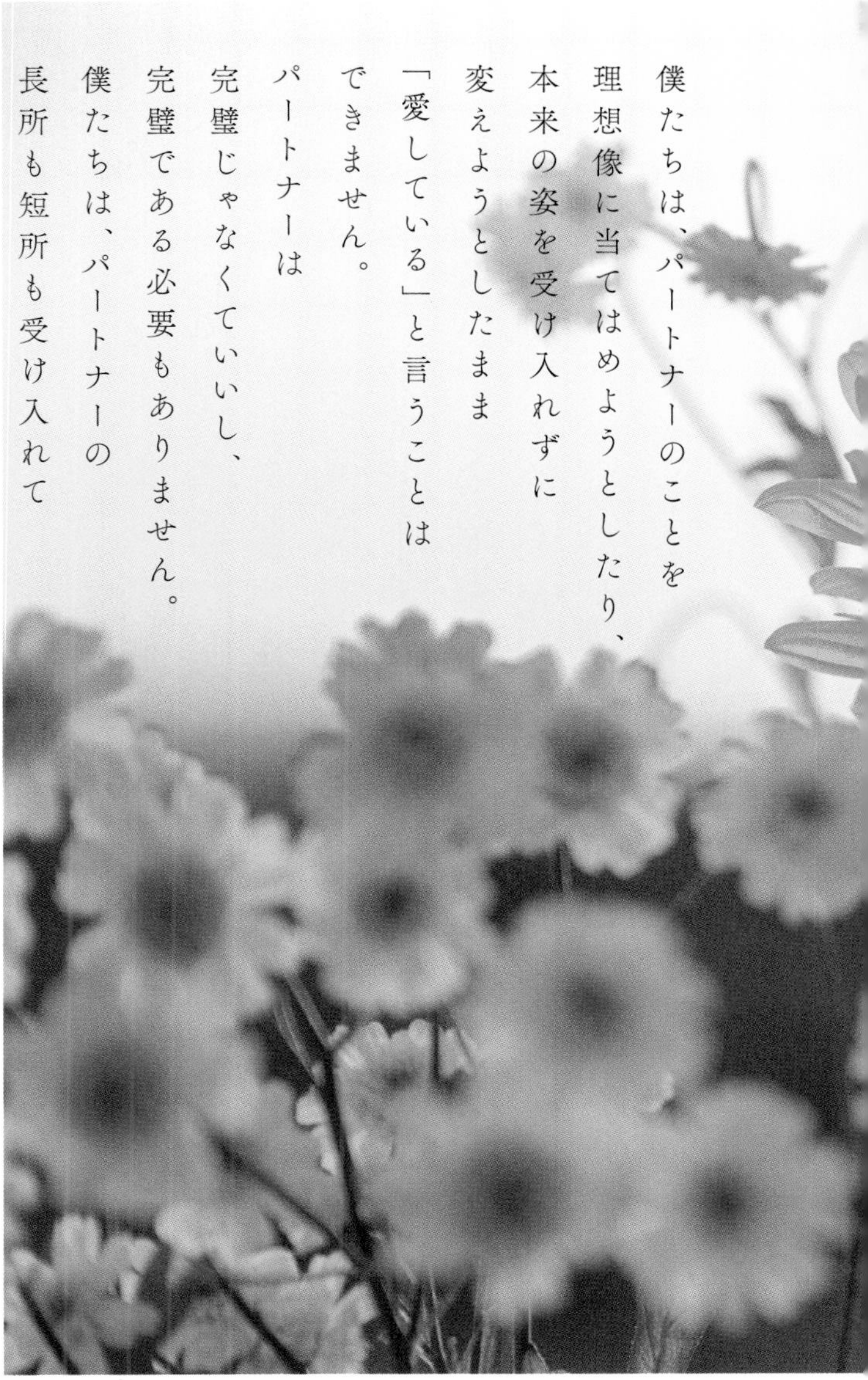

僕たちは、パートナーのことを
理想像に当てはめようとしたり、
本来の姿を受け入れずに
変えようとしたまま
「愛している」と言うことは
できません。
パートナーは
完璧じゃなくていいし、
完璧である必要もありません。
僕たちは、パートナーの
長所も短所も受け入れて
はじめて「愛している」
と言うことができます。

独身であることを
終えられていない人と
結婚すると、
結婚してからも
独身であるかのような
振る舞いをします。

結婚とは、
自分勝手なことをやめて、
パートナーを最優先に
考えるということなのです。
それができる相手が、
あなたを幸せにできる相手です。

誰かと同じベッドで寝れば、
心のつながりを感じられるわけじゃない。
誰かと同じ家に住めば、
心のつながりを感じられるわけじゃない。

僕たちは本当の自分をさらけ出し、
受け入れてもらえた時に、
心のつながりを感じることができる。
本当の自分を理解してもらえた時に、
心のつながりを感じることができる。

「好きだから短所を受け入れる」と
「好きだからひどい扱いを受け入れる」を
一緒にしないことです。
相手の短所を受け入れるのは愛だけれど、
相手からのひどい扱いを受け入れるのは
愛なんかではありません。

ポジティブな気持ちに
なれない日があっても
大丈夫です。
心の動きは毎日同じでは
ありません。
嬉しい日もあれば
悲しい日もあります。

大切なのは、
ポジティブにこだわることじゃなく、
その時湧きあがってくる
感情を受け入れ、感じること。
雨の日もあるから
花は育つのです。

誰と付き合っても、誰と結婚しても、
男女は基本的にぶつかります。
お互いに歩み寄らなきゃいけないし、
お互いに何かを捨てなければいけません。

個人プレーを捨てて
チームプレーを選ぶ必要があります。
決して楽なことばかりではないけれど、
一緒につくりあげる幸せにまさる幸せはありません。

結婚相手を見極めるには
「五つの季節」を一緒に過ごすことです。
つまり、相手が幸せな時、
怒っている時、沈んでいる時、
安定している時、不安定な時に
どう変わるのかを知っておく必要があります。
「結婚して彼は変わった」と感じる時、
彼が変わったというより
彼をよく知らなかった可能性が高いのです。

恋愛はラブストーリー。
結婚はライフストーリー。
恋愛をしたいのなら、
感情まかせにドキドキを
楽しんだらいいのです。
だけど、結婚とは
「どんな時も支え合う」と決め、
ともに人生の困難を
乗り越えていくことなのです。
感情や気分に左右されずに、
「この人だけをとことん愛する」
という意志を持つことが結婚なのです。

あなたが過去の思い出に
依存せず
生きていけますように。

今が一番楽しいと
言える日々を
送っていけますように。

リピートアフターミー
「私は思いっきり楽しんでいい。
私は思いっきり笑っていい。
私は思いっきり泣いていい。
私は思いっきり自分を褒めていい。
私は思いっきり自分らしく生きていい。
私は思いっきり幸せになっていい」

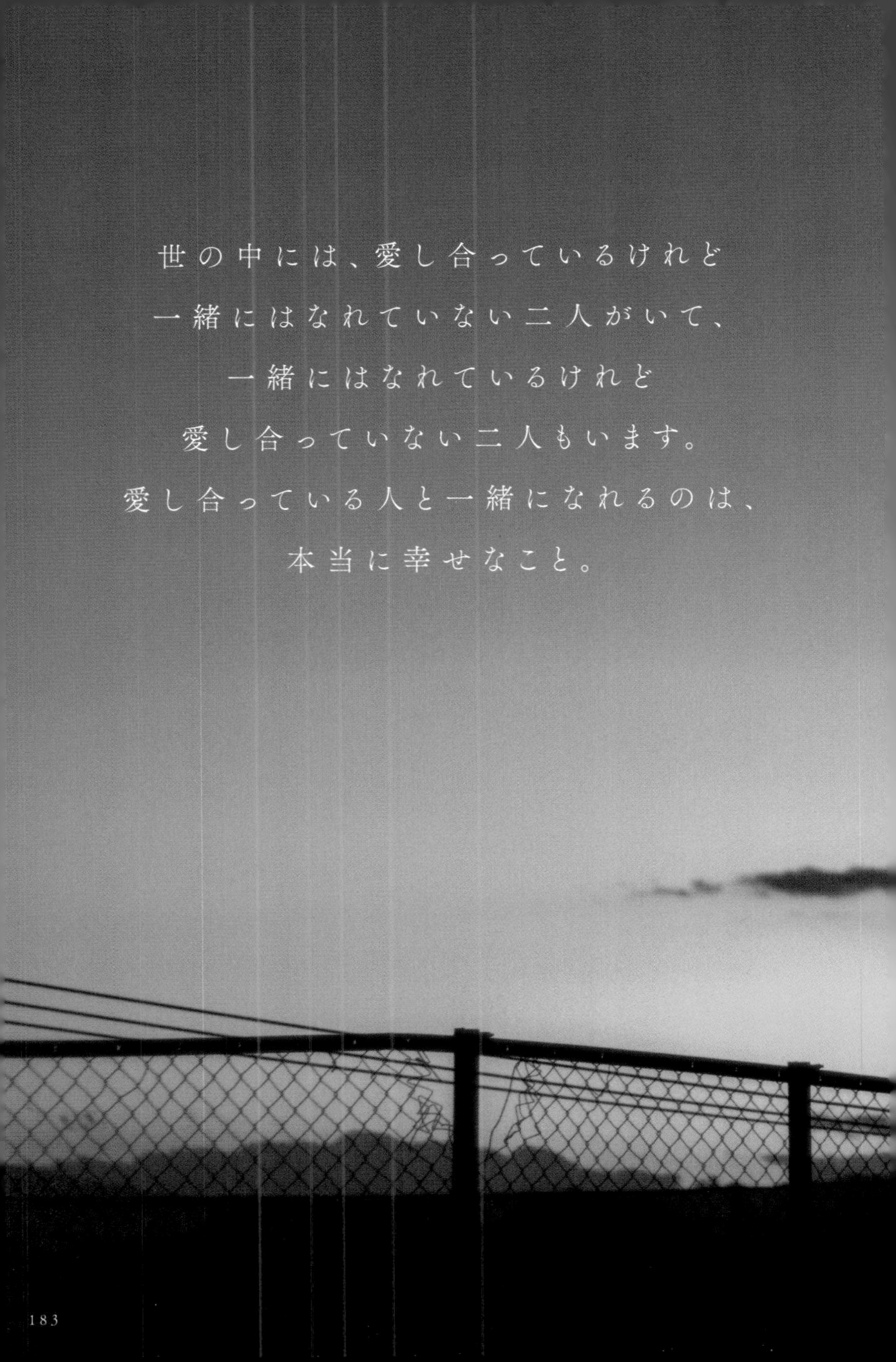

世の中には、愛し合っているけれど
一緒にはなれていない二人がいて、
一緒にはなれているけれど
愛し合っていない二人もいます。
愛し合っている人と一緒になれるのは、
本当に幸せなこと。

あなたはずっと探していた
素敵な人に
出会うことになります。
その人はつらい過去を
忘れさせてくれます。
その人は本当の愛を
教えてくれます。

なぜそんな素敵な人に
出会えるかというと、
あなたが幸せを
あきらめていないからです。
「今日という日をあきらめずに、
出会ってくれてありがとう」
と言われる日がきます。

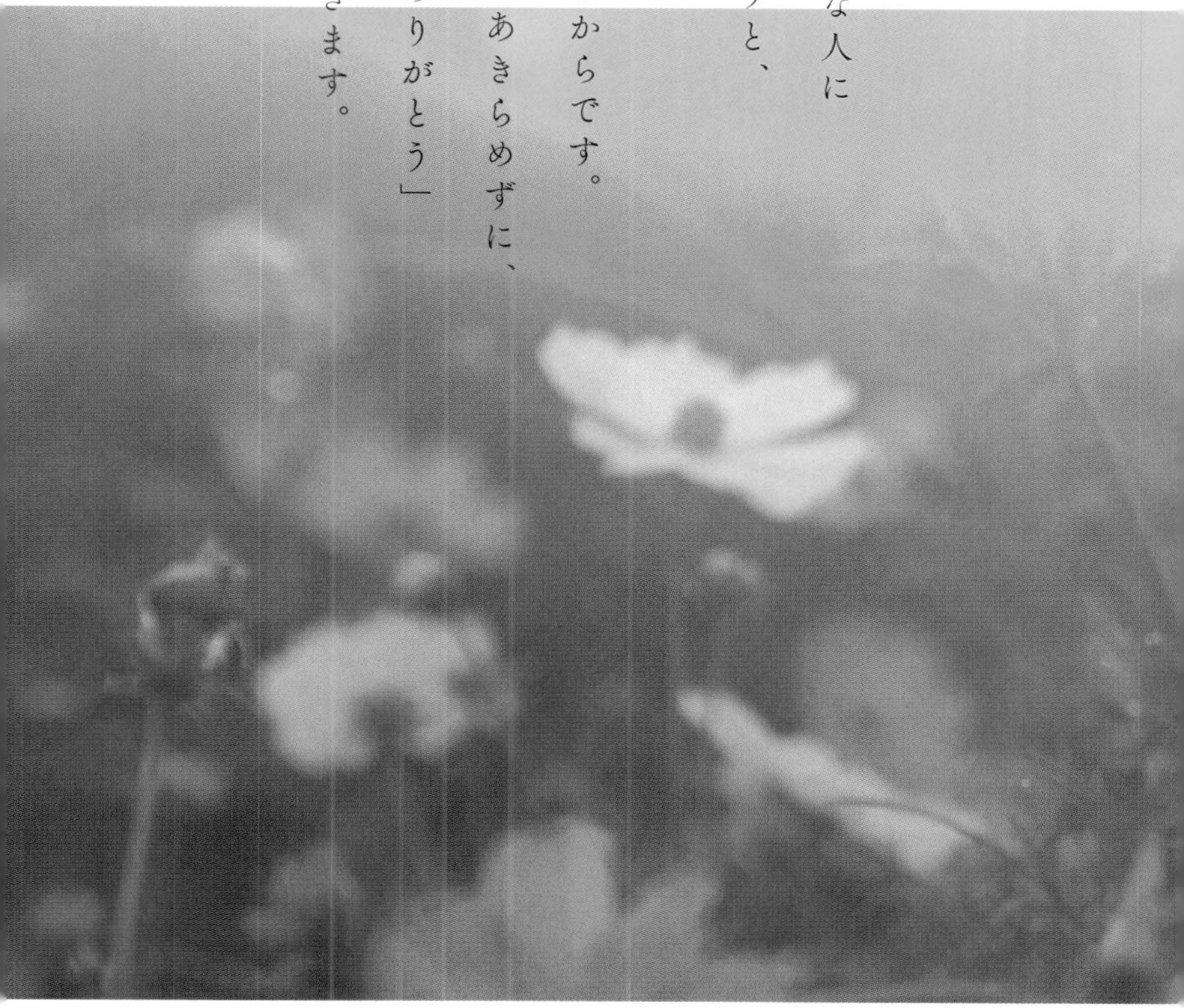

あなたが次に付き合う男性が、
今まで出会ってきた中で
一番素敵な相手となりますように。
そしてその相手が
あなたの生涯のパートナーと
なりますように。

Epilogue

「幸せに生きる女性を一人でも多く増やしたい」
という強い思いから、僕はこれまでに、
1万人以上の女性の恋愛相談に乗ったり、
18万人以上のフォロワーさんに向けて、
幸せになるためのメッセージを発信したりしてきました。

その活動の中で、僕が大きな喜びを感じる瞬間は、

「ひでまるさんのおかげで、素敵な出会いがありました」

「ひでまるさんのおかげで、結婚することができました」

という、幸せのご報告をいただいた時です。

ですが、幸せのご報告と同じだけ僕にとって意味のある瞬間は、

「ひでまるさんのおかげで、別れることができました」

「ひでまるさんのおかげで、未練を断ち切ることができました」

という、つらい恋愛から抜け出せたご報告をいただいた時です。

ふさわしくない相手を手放すのは、
ふさわしい相手を見つけるのと同じだけ意味のある、
重要なことなのです。
ふさわしい相手を見つけ、幸せをつかむことができた女性はたいてい、
つらい恋愛をしなかった女性じゃなく、
つらい恋愛を乗り越えてきた女性です。

あなたがつらい恋愛を乗り越えられるよう、
本書がその支えになることを心から願っています。

最後に、僕からあなたに贈るメッセージです。

泣いているあなたに「泣かないで」とは言いません。
悲しんでいるあなたに「元気を出して」とは言いません。
あなたが感じている痛みを軽く扱うようなことはしません。
ただずっと、あなたのそばにいます。
あなたが笑顔を取り戻すまで。
その日はまた必ずやってくるから。

ひでまる

写真　紡季（@tsumugi_pt999）
デザイン　小口翔平　畑中 茜（tobufune）
本文デザイン・DTP　狩野聡子（tri）
校正　東京出版サービスセンター
編集　森 摩耶　山本安佳里（ワニブックス）

あの日うまくいってほしかった恋が
うまくいかなくて正解だったと
思える日が必ずくるから。

著者　ひでまる

2024年6月30日　初版発行

発行者　髙橋明男
発行所　株式会社ワニブックス
〒150-8482
東京都渋谷区恵比寿4-4-9　えびす大黒ビル
ワニブックスHP　http://www.wani.co.jp/

お問い合わせはメールで受け付けております。
HPより「お問い合わせ」へお進みください。
※内容によりましてはお答えできない場合がございます。

印刷所　TOPPAN株式会社
製本所　ナショナル製本

定価はカバーに表示してあります。
落丁本・乱丁本は小社管理部宛にお送りください。送料は小社負担にてお取替えいたします。ただし、古書店等で購入したものに関してはお取替えできません。

ISBN978-4-8470-7454-7